U0010739

自然公園 080

走路。在山野在部落。一個人

洪瓊君——著

晨星出版

第一部 部落行腳

C O N T N E T S

第二部
田野印跡

第三部

自然行旅

自序

有一種旅行叫回憶

她在林間，孤獨走著。
鳥聲喧嘩，
一隻原本隱在林間的松雀鷹倏地振翅疾飛，
不知是陽光眩目，抑是孤寂過頭，
誤以爲自己也有雙翅膀，
張開雙臂，
模仿飛翔天空的松雀鷹——
折斷了一半的靈魂。

洪瓊君

第一次到蘭嶼時，在漁人部落分享月餅與鳳梨酥，用彆腳的日文認識了我在蘭嶼結識的第一對夫妻，ina(達悟語，媽媽)一直說我是她的子ども(日文，小孩)。「一個月、兩個月，一直回來，看我。」ina說。第二次去看她和ama(達悟語，爸爸)，她在房子裡翻箱倒櫃，找出她做的貝殼耳環、貝殼項鍊和薏苡串成的項鍊送給我。

有雨的夏天，沿著番路鄉，一個人。上山。十六年之後，部落正名為「Lalauya」（楓林之意），但已不見楓林。走到十幾年前借住的人家，在門外來來回回走了好幾趟，屋裡沒人吧！也沒勇氣跨進去開著的門裡面，只不斷想起那個輪廓深邃性情柔順，想要騎單車去世界傳教的與我同年的鄒族友人。我的鄒族名字「Niya」就是她的妹妹幫我取的，她們的爸爸要幫我取名「白芷」——美麗的公主才有的名字。我不要，怕被取笑諧音。又說取名叫「�尼牧」——很會說話的女生。我不要，怕自己太伶牙俐齒。12歲的女孩說：叫「Niya」好了，「小孩子」的意思。老人家說，沒有這個名字。我說，就是Niya了。還記得我們田野調查隊要離開的那個早晨，12歲的妹妹猛灌米酒，被我們的男同事發現，硬把她手中的酒瓶搶走。後來，我就陪著妹妹，坐在深霧裡，好久好久。

再往上走吧！走到那個曾讓我魂魄失落的部落，卻迷路了。才幾戶人家，繞了好幾遍，怎麼也找不著那個鄒族農夫獨居的小屋。而路上，斷斷續續飄著雨，沒半個人影，除了我。

再走到部落的另一頭，庫巴（青年會所），另一間雜貨店，巷子兩旁低矮的房舍……還是記憶中的模樣。最後我的腳步停在操場旁邊部落邊陲的一家雜貨店前面，店門口的長沙發是我和老闆、老闆娘坐著聊天、拍照留念的所在。現在店門緊閉著，向屋旁的斜坡底望去，有一個男人站在那裡也正在打量我，是店老闆那個小我一歲的兒子嗎？但他沒那麼高，喚了幾聲他的名字，沒回應，我往斜坡走下去，又出來一男一女，問我從哪裡來？要住宿嗎？

「游長義在嗎？」我問。

「他已經死掉了，死了有十年了吧！」那女人淡淡地說。

「生病嗎？」

「不是，喝酒喝死的。」那，他才三十多歲，我心裡想著。

「他爸爸媽媽呢？」

「爸爸很早就死了，糖尿病，媽媽年紀很大，住到老人院去。他老婆帶兒子住到別的地方去了……妳從哪裡來？」那男人又問了一次。

「我在他們家的旅社住了一個月。」聲音遙遠的我說。

「旅社不是他們的，是我爸爸的，現在是我在……」那個男人還說了些什麼？我沒聽清楚。

又飄雨了，雨絲飄在無人的操場上，也飄在我的眼睛裡。海拔一千公尺高的達邦，盛夏還是透著寒意。

後來我才明白，有些人有些事，就像被海風侵蝕得坑坑洞洞的

第三次去看ina和ama(達悟語，媽媽和爸爸)，ina一直拍手唱歌，一直唱歌，在日頭那顆橘色蛋黃將落入大海的被海風吹拂的涼亭裡。歌聲結束之後，ina說，天邊的晚霞這麼美麗，啊！我願意把它摘下來送給妳，如果可以，我的小孩。

石頭，埋進淺淺沙流裡，常常不經意踩到就會扎出血來的。

廿三歲那年，我應徵了中研院的研究助理，從事一份全國性的田野調查工作，就這樣開始了我流浪的腳蹤，從鄉鎮到高山到離島到城市，不斷地遷徙，開啟了我心靈的瑪塔（阿美族語：眼睛），後來，即使離開田野調查工作，我還是無法安分地待在擁擠的大城，仍不停地出走。從城市野地走到阿里山走到北方的司馬庫斯，走到南方深遠的老七佳，飛去天人菊風島，飛去達悟族的土地——後來，曾經一度落腳島之東，不再一個人。後來，靈魂的不安定，我又重新一個人。飄零。太平洋。

有陽光的冬季，在蘇澳公路上，來早了。就著秋蟬喧嘩，隨意慢走。

住在海邊，已經很少這麼靠近大山了。驀然，眼前跳出二十年前那個扛著相機腳架，頭頂圓帽，身著無袖上衣總是搭著一條短褲，晒得全身古銅黝亮，跨過中央山脈，千里迢迢到國家公園當解說志工的自己。

一個人在山野裡亂闖，雖不知未來要走到哪裡，但步伐是瀟灑自在的，以為可以一輩子的。以為。

就這麼太隨心所欲任性地走著走著，竟走過了二十個年頭！一個人。雖然千瘡百孔，滿身是傷，但，還是喜歡那個不知死活，不計後果，一個人在曠野地在人間煙火底東闖西撞，很勇敢的自己。

有一種回憶叫做旅行，謝謝勇敢年輕的自己，不停地出走，用文字用影像記錄了二十年在路上的記憶，關於那些單純那些真誠的人的故事，關於這塊土地的風貌與歷史。有些人已不在了，有些野地已消失了，更多的部落與土地，歷經二十年的歲月更迭，很不一樣了。

有一種旅行叫做回憶，謝謝當年還是台灣時報副刊的主編王家祥及民眾日報主筆吳錦發，讓這些文章有許多發表的機會，也很熱心給了我很多寫作上的指導，還有文學獎的鼓勵，讓我有更大的動力寫下去，也謝謝晨星的主編惠雅的用心與開始閱讀這本書的你，讓我能以如此美麗的方式回復年輕的靈魂把這塊土地上的人的故事和自然的精采說給你聽，雖然有時太過浪漫。如果你在這些有溫度的故事裡找到出走的理由與勇氣，你就會相信，與我的年輕時光相遇的那些生命與回憶，如何帶給我步入滄桑之後不斷重生的力量。

祝福你，帶著渴望被打開的心靈的瑪塔，上路吧！

這一生在海島與山巔之間流浪，似乎只為了尋找一種身分認同的歸屬感，從阿里山鄒族到司馬庫斯泰雅到蘭嶼達悟到太平洋岸的阿美族……二十年了，我還在生死茫茫裡，流浪。達賴喇嘛解釋死亡的問題，他說：「就只是換件衣服而已。」但我，穿上了，就不一樣。穿上了，也執迷不悟地，捨不得脫下。

第　一　部

部落行腳

月光部落

兩峰之間暈染的紅霞若美人卸下的鉛華，漸退，夜輕挪腳步攏上乾淨的澄明的黑，愈來愈濃。底下人家燃起的炊煙裊裊竄出黑墨色的石板屋頂，似百步蛇的精靈滑過我的腳膝。巨嘴鴉在揉進暮色的火焰木槎枒間，用力撕扯急切的啼喚，慘慘的「啊！啊！」每喚一聲身體也隨之鼓動一次——「啊！啊！」的呼喚聲將部落裡微弱的耳語掩蓋，只聽得見柴薪嗶嗶剝剝的燃熾聲。

一個小時前，我還駕著老舊的喜美車沿著高山闊水之間的迂迴曲折，穿過如蛇肚蜿蜒而石礫滿布的產業道路，在三岔路口彎入中心那條小徑，於一棵芒果樹前停車，排灣族老七佳舊部落就隱在樹後。

這一路汲汲趕來，未曾通知任何相識的人，也從未擔心入夜之後將投宿何處，幾年來獨闖深山部落的幸運經驗，讓我擁有超乎常人的膽子和自信，十分放心原住民總會熱情純良地招待我這個完全陌生的異族。

「我叫周信義，地上的螞蟻就是我，『ㄇㄚˋ ㄧˋ』是我小時候的原住民名字。」眼前這個理平頭，身著無袖上衣，皮膚黝黑的排灣族中年男子，看到我即一見如故地保證我今晚的住宿與安全。不過，在這一個沒有電，沒有自來水，沒有民宿旅店的莽原部落，收留我也是唯一的選擇。

周信義將我喚入被柴火焐暖的石板屋內，大門高約一百二十公分，我們都得彎腰屈膝入內，柴薪在右側牆邊悶燒著，櫥櫃鍋碗因為長年的煙燻而呈現富有歷史味道的深邃色調。倚放在靠近門邊的米椿、木臼、迷簍，掛於屋內橫梁的竹籃藤壺，這些年代久遠的傳統生活工具，在許多原住民的眼中都是平常物，而在我這久居平地的異族女子看來一件件都是饒富韻味的藝術品。左側牆及連著門的這面牆垣各置一張簡單釘製的的木板床，床上捲成一團的棉被沒有套上繁複花紋的罩單，任灰塵汙漬一層層地覆蓋著。

燭光紅彤彤地映亮屋裡每一張和善的表情，周信義七十二歲的kina（排灣族語「母親」之意），身穿淡花色上衣，深藍色百褶裙，銀髮束成一條柔順的馬尾，雙手放在膝蓋上端坐在床沿，嘴裡不住地向我道歉：「對不起，不好意思，山上沒什麼。」

山上的人永遠不會理解，如此遺世的寧靜與樸實，始終是我汲汲追尋的夢土呵！

周信義遞了一小碗自釀的山地高粱酒給我，碗中內容物的顏色煞是好看，紅豔似辣椒的高粱，玉一般剔透的白米粒，清清的液體，還有一粒神祕的藥方——他不肯告訴我是什麼。kina 捧著裝著高粱酒的鋼杯，當做麥片般用鐵湯匙一勺一勺舀著喝，然而所有含酒精的液體甚至包裹酒精的甜點，皆令我難以下嚥，所以我只輕啜了一口，便不再嚐第二口。

黑絨布一般的蒼穹，不知是哪一個粗心的公主撒落了漫天的琉璃珠，燦燦亮亮，幾乎唾手可得。夜鶯、角鴞、蟋蟀、螽斯……更多我不知曉的自然天籟，揉合沁膚的氤氳山氣，混合成古老的鄉愁，如祖靈的呼喚。公主的琉璃珠串飾獵人的腰帶，獵戶在天，看顧排灣族人涉水越嶺，追逐山羌水鹿的足跡，流浪遷徙，只為尋覓一處安身立命的桃源地。

百年後，獵戶仍在天，看顧一顆流浪漂泊的靈魂，在太陽子民奔逐的印跡裡，獲得安適。

滅燭之前我問躺在地上的周信義：「你們排灣族真的有將死去的家人葬在家屋的石板底下的傳統嗎？」

「有啊！不過日治時期就禁止了。」

「為什麼要將死人折彎變成蹲踞狀才埋葬呢？」

「為了節省空間啊！」周笑著說。不知是真是假。

那一夜，被月光浸滿的森林，黃嘴角鴞「嗚！嗚！」寂寂地啼喚了一整晚。

天剛亮，kina 整理好芋頭，將所有農具物件放在藤籃中頂在頭上，往田裡走去。

周信義和其他族人一齊幫村長蓋房子，這是一種沒有貨幣交易的互助合作的勞動方式。在錢幣的觀念尚未傳入原住民社會之前，即是這種利他互惠分享的互助方式來維繫族人的情感與生存。而當

下／族人們正相互幫忙以板岩構築石牆。1997年。

上／我在老七佳，排灣族的朋友。1996年。

資本主義瓦解部落倫理之後，現在只有極少數的幾個原住民部落尚保有這種敦厚的傳統。

在部落閒晃一會兒，拍了幾張相片，就加入建造石板屋的工作行列。他們把原來不太正的牆一塊塊拆除再重新疊砌。原住民蓋石板屋和達悟族造木船都是具有深度智慧的藝術，不需任何鋼筋鐵釘，就能打造堅固的房屋與破浪之舟。

細碎的石頭擺中間，扁平大塊的石板放兩邊，如何疊砌平整而牢固，全憑豐富的經驗。

參與勞動的人群中有位年逾七旬的老人——賴明發，他們說我該稱呼他「vuvu」（排灣族語，對長輩的尊稱），雙頰瘦削，掌背節骨突出，手指黝黑而略顯變形，雙臂仍極有力，手不抖氣不喘扛起我抬不動的大片石板，動作俐落不輸年輕人，這是一生的勞動習慣換來的健朗，令人敬佩。勞動中，vuvu 語調平靜地回憶年輕時和朋友起衝突打架，隔天又和好，一塊兒喝酒的往事……。

排灣族的先民在不可考的年代裡，遷徙到此安家落戶，歷經世代更迭，一直過著汲引泉水，燒柴生火，夜點茶油燈的原始生活。以前部落也有牧草搭建的分駐所，小學只有一至四年級，五、六年級則要到枋寮村去念。遷村之前老七佳仍有八十多戶，人口有兩百多人，今年四十六歲的周信義童年就是在這裡度過，上山打獵的野徑都有他及同齡玩伴的足跡。

五十七歲的郭村長猶帶靦腆地說，他便是在老七佳成的婚，回想當年的聘禮有：一頭豬、兩缸小米酒、一個大鐵鍋，而傳統聘禮中的長刀及斧頭則換成了新臺幣七百元——我想那一定是個歌聲響徹山谷，舞跳通宵，小米酒不曾乾的歡欣日子。

民國四十三年國民政府實施改善山地生活政策，極力促成老七佳的族人遷村，族人為準備新屋建材或以紀念為由，而將部分舊家石板拆卸扛至新聚落——南和部落。一場猛烈的颱風，洪水沖垮南和部落泰半家屋，民國六十一年族人又舉村遷徙到——七佳村。

在時間不斷往前的推移中，老七佳歷經日人的統治及漢文化的衝擊，如今面貌呈現文明與傳統交錯拼疊的印象——屋身提高，範疇縮小，石板屋頂加覆鐵皮，橫梁柱棟改填鋼筋水泥，甚至在沿坡而建高低錯落的二十幾棟完好的舊石板屋中儼然矗立一間灰色水泥房，裡面猶有象徵文明的瓦斯桶和瓦斯爐。

因老七佳距離山地保留地較近，族人必須經常上山從事農耕過夜，也因此讓舊部落有工寮之用而得以保持大半舊觀而不致荒蕪。他們說老七佳的原始雕刻藝術只有在頭目家才看得到。昔日排灣族傳統的階級制度中，只有頭目貴族方能以雕刻藝術顯赫地位。

生活的痕跡被時間塵封的頭目家，橫梁上昔日雕繪的少女圖像笑容滿溢，頭頂的百步蛇栩栩如生，彷彿呼之欲出，水鹿舉起前腳

百步蛇木雕栩栩如生。
老七佳。1997年。

躍躍欲舞……在光和影的舞弄中，似乎迫不及待跳出冰冷的木板見證一場古老的婚禮，重溫已頹落的尊榮。

半日光景，一面牆已疊砌妥當，我站在牆緣滿意地欣賞這件取材於大自然的藝術成果，心裡被一種充實的喜悅漲得滿滿的，終於明白，不管是和泰雅族人共採小米，和鄒族人於竹林中砍筍，或和排灣族人徒手將板岩一片片砌成一面遮風擋雨的石牆——都只為了在勞動中參與原住民回歸土地的經驗，尋找生命的精神本源。

汲引山泉，夜燃燭光的榛莽遺世，我甘之如飴。「妳是屬於部落的。」友人曾如此對我說。

「本來住在山上生活很習慣，但是平地住久了，現在回到山上反而不習慣了。」周信義將一粒檳榔青仔塞入嘴巴裡說：「如果當年不遷村，也許柏油路已經鋪到這兒來了。」

筆直通抵文明的柏油路，單調而缺乏美感的灰色水泥，交雜縱橫的電線，將部落錯亂如白晝，讓螢火蟲倉皇找不到伴的明亮路燈，部落的夜不再有縈縈篝火及火畔親切的談笑聲，族人們盯著充滿魅惑的馬賽克光影，不再交談——被文明擊潰傳統生活模式與情感維繫熱度的部落，我是常見的。

在人類文明不斷前進的世紀，揚棄瑣碎不便的，追求速食便捷的生活方式，是人類共同努力的方向。然而，在汲汲營營的腳步中，有些事物是需要冷靜思索其存在意義的。歷史遺留下的許多足跡，包括各民族的傳統、傳說、藝術創造、考古遺跡、書籍……均可供人們探究當代人的思想、行為，並追索人類存在的意義和價值，更從過去的事件引領出教訓與原則。

西元七十九年夏天，蘇維埃火山爆發，熾熱的火山灰、岩塊、熔岩如大雨傾盆注入龐貝古城，汙濁的天空瀰漫著毒氣和濃煙。溫熱的火山灰乾涸以後覆蓋了整座龐貝城，自此海岸線上升，地理環境改變，沙諾河改道回流，龐貝城深埋地底一千七百年。

一八六〇年以後開始有系統地挖掘，出土的古物大部分陳列於距離古城廿一公里的那不勒斯國立博物館。

龐貝古城的挖掘其意義絕不僅只於將古物陳列於博物館中或供觀光客憑弔讚嘆及考古學者研究的遺跡而已，其保存的完整性更是人類根本溯源更接近事實的依據。

一切的傳統在文明的洪流中不斷式微湮滅，這不僅是臺灣原住民所面臨的問題，而是全人類一致的遭遇。老七佳得以保存是排灣族人的幸運，而保持老七佳舊貌的完整，和龐貝古城的存在具有同樣深遠的意義，不知排灣族人及我們的政府是否有此警覺？

沁涼山夜，自黝黑中傳來汲水沖水的涮涮聲，迷濛暈黃的月光篩落葉影隱約描映出一副女性胴體的曲線，肥皂味則和氤氳山氣揉成一股奇特的香氣飄浮在空氣中，黃嘴角鴞自幽深的森林傳來寂長

上／老七佳頭目家的木雕，1997年。

下／老七佳的石板屋。1997年。

的啼聲「嗚！嗚！」，如祖靈的嗚咽——當不久的將來接通文明的電線引入深山部落，一切都將不同。

最接近天空的部落——司馬庫斯

八十三年夏天，我在一個偶然的機會裡從一個同事那裡聽到「黑色部落」的傳說，在新竹縣尖石鄉有一個泰雅族部落，七、八年前當他自己還是山青服務隊的隊員時曾去過那部落，他看見部落裡的人，用摩托車運載數量不多的香菇，騎上半天的山路，下山到竹東賣給平地人，生活十分艱苦。

那部落有一個美麗的名字——「司馬庫斯」。我悄悄地將這名字記下，盼望有一天，能踏上那塊土地，實際體驗高山民族的生活。

同一年冬天，我任職中研院的田野調查工作隊來到新竹市，「司馬庫斯」這個名字躍然而出，在渾沌的夢境中喚成一種莫名的相思。於是我撥了幾通電話詢問如何上山，卻總是得到「不可能」的答案，產業道路尚未通達部落，公車只到「那羅」，徒步走上司馬庫斯，要兩天的路程，而且上山路況不佳，我一個單身女子又沒交通工具，根本上不了山。

其時正值耶誕節，加上重重阻礙，上山的念頭只好暫時擱置。

翌年六月，茉莉花開的季節，田野調查隊來到楊梅，我決定完成擱淺半年多的行程，遂撥了一個警察先生給我的電話號碼，那是司馬庫斯曾鄰長的電話。接電話的人是鄰長的大兒子曾隆華（馬度），他和我約定了一個不太確定的時間，在竹東圓環我可以搭他的便車上山。於是，楊梅的田野調查結束後，我將大箱行李寄放在新竹一個同事家，拎了一只簡單的行囊和相機，前往竹東與司馬庫司的人

第一次上司馬庫斯，車子停在部落之外，還得將所有大小物件背在身上，走過峭壁懸崖，才能回到部落的家。1995年。

會合。

臨行前，同事玩笑地說：「也許因為搭便車而搭出一段姻緣來，你就嫁到山上去了。」我說：「電話裡的聲音聽起來，好像是四、五十歲的人了，不可能啦！」

我順利地在竹東圓環找到司馬庫斯的曾鄰長，約莫一小時後，要回山上的人都到齊了，我坐上曾隆華——馬度的小貨車，展開我初次的黑色部落之旅。同車的還有馬度剛退伍十一天的堂弟——尤勞。他們雖很訝異我這種在人生地不熟的情況下，隻身一人闖上山的膽量，卻也十分歡迎我的造訪。

中途我們在「那羅」停車，要運載他們向一個廣東伯買的三隻黑牛回部落，尤勞向我說起他們想要建造一個沒有商業包裝，而具有原住民部落特色的觀光景點的理想，尤勞說：「土雞有了，土狗有了，再養幾隻『土牛』，農場風光就更完整了。」

三、四個大男人，費了九牛二虎之力，終於將三隻蠻牛拖上貨車，繼續在迂迴顛簸的山路緩緩前進。

司馬庫斯的人每回上下山，總會在「秀巒村」一家平地人開的雜貨店休憩。黃昏的「秀巒」顯得十分熱鬧，有人醉倒在沙垛上，有人大聲說著話，摩托車來來去去，還有一個酒醉的女人，拎著酒瓶跌跌蹌蹌地向我走來，問我是不是明星？我笑著搖搖頭，她又繼續自言自語，不一會兒，竟悽悽慘慘地邊哭邊唱起歌來……。

休息夠了，繼續往回家的方向開去，仍是綿延不絕的石子路。從日正當午直至夕陽落山，終於抵達目的地。馬度他們把車和牛隻放在部落的前方，再把所有物件，包括瓦斯桶、大袋的米、整箱的食物……扛在肩後，女人除了身後背著小孩，手中也都抱提重物。

馬度的弟弟在闃黑中向我吼來：「明天早上你再走這一趟路，

絕不敢相信妳今晚是怎麼走過的。」在森黑的夜色中，我已無法辨析腳下的路，只知道曾跨過橫梗的樹枝，攀岩陡坡蹊徑，穿越重重竹林，大約十五分鐘的路程，才進入部落。見他們男男女女皆馱著大包、小包的重物，而我卻不能分擔什麼，我只要顧著自己別一失足滑落山谷，就算完成一件大事了。

尤勞和其他人在竹林裡的一條岔路與我分手，他們要抄另一條小徑回去，晚上我住馬度家，馬度的家和部落裡的其他住戶有一小段距離。後來，我發現馬度家的燈火是我目光所及唯一的光亮。那天晚上無星也無月，司馬庫斯沒有路燈，部落裡的人家掩在馬度家前面的花園之外，看不到。聽說通電也是這兩、三年的事。想像在未通電之前，每到夜晚，部落人家紛紛燃起溫暖的燭光，或闔家圍烤一盆火，談天、閱讀、說故事……多溫馨的畫面呵！對於這個位在海拔一千七百公尺高的「司馬庫斯」，真有相見恨晚的遺憾。

司馬庫斯傳統的木造平房。
1995年。

馬度的 yaya'（媽媽）和他的妻子——阿代，還有他兩個可愛的小女兒，一個是六歲的瑋瑋，一個是兩歲的璇璇，正在吃晚餐，我轉身看到走在我背後的馬度，其實他是極年輕的，今年僅二十四歲，可能是早婚，讓他顯得較沉穩吧！想到我出發前和同事的對話，實在覺得好笑。

屋內的人招呼我們吃晚飯，我對他們做了簡短的自我介紹，看看手錶已經八點多了，我記得從竹東出發時才十二點，這一趟上山足足折騰八個小時，雖然他們現在已有貨車代步，但「宇老」到「司馬庫斯」一兩個半小時的路程是崎嶇顛簸的石子路，再加上那段必須徒步的峻峭山徑——對於司馬庫斯的人來說，回家的路還是很漫長。

上山的第二天，我隨他們去最近的一個部落「新光村」，到牧師的果園幫水梨套袋。我忘了向阿代借一雙雨鞋來穿，結果手長腳長，平衡感又差，穿著普通布鞋，走幾步路便打滑，最後還是馬度的yaya'（媽媽）伸手拉我，才安然走過溼濘的竹林。

終於走到那段陡坡，在太陽底下看了清楚，原來只是一條不及一人寬，草闢的山徑，下面就是布滿枯枝槎枒的斷崖，我想到馬度家那臺大冰箱和客廳裡的大壁櫥，還有那些雙人床，當初他們是怎麼抬上部落的？我實在無法想像。更叫人慚愧的是，走在前面的兩個稚嫩幼童，穿著雨鞋健步如飛，而我卻是手腳並用，一步一腳印謹慎地攀爬過斷崖峭壁。

「新光」雖是距離司馬庫斯最近的部落，也要一個小時車程。原住民勞動的方式，總是一邊工作一邊談笑，我喜歡這種輕鬆氣氛，聽他們用流利的泰雅語交談，笑聲此起彼落，比收音機裡流洩出的靡靡之音還要悅耳。而且我身手笨拙，他們還是不斷地稱讚我。

中午大夥兒在工寮吃飯，馬度的妹夫——庫光大哥神祕地說：「中午吃隨便一點，晚上回部落再吃大餐。」看他們臉上神祕兮兮的笑容，可能有什麼喜事吧！曾鄰長的弟弟——馬賽叔叔笑著對我說：「我們泰雅族有一個習俗，為了不怠慢客人，我們會摸客人的胃，確定他有沒有吃飽？」馬賽叔叔又接著問我：「你吃飽了嗎？要不要我們鑑定一下？」我忙不迭地搖手說：「我已經吃得很飽了。」

午後，我獨自在山間散步，突來一場雨，我躲到路邊的水泥管中避雨，被開車路過的馬度發現而將我接回。尤勞聽到我躲在水泥管中，笑著說：「你不要嚇到路過的人，他們會以為妳是百步蛇蛻變的美人。」

那場午後雷雨似乎沒有停歇的打算，大夥兒只好放下工作回部落。坐在沒有車篷的貨車後座，只能任雨潑溼衣裳，雨勢漸大了，尤勞撕開農業用的黑色塑膠布，挖了三個洞，將我和庫光大哥和他套在一起，像連體嬰一樣。尤勞說他們族裡有個傳說，當他們族人初次到一個陌生地方拜訪時，老天便會下一場雨來表示歡迎。這個傳說正好為我的田野調查工作，每次遷徙到新的工作站便會落雨提供一個美麗的理由。

尤勞家前面，有人正在宰殺豬隻，原來是尤勞十七歲的妹妹今晚訂婚。也許是下午那場雷雨擊中了電線，晚上整個部落沒入莽黑夜色中。頭一回看人宰豬，而且是在沒有星光、沒有月亮，也沒有燈火的黝黑中。但是黑暗並不影響泰雅人殺豬的技術，我看著那頭已被剖肚割腸的豬，心想牠死前可能沒有經過太大的掙扎，因為牠遠從桃園復興鄉一路晃蕩過來，早成了一頭暈豬，也沒剩多少力氣好掙扎了。

將切好的豬肉分送給族人，其意義等同平地的喜餅，都是告知喜訊的方式。

喜宴在搖曳的燭火中開動，滿滿兩桌的菜餚，椅子不夠坐，還有人像打游擊一樣站著吃兩桌，雖然菜是山下包上來的，早已冷卻，氣氛卻是溫熱的。今晚的女主角一襲素衣平常裝扮，在廚房裡忙進忙出，整理打掃，她竟和我一樣，都是今天第一次看到新郎！

第三天我留在馬度家幫忙帶小孩、煮中飯，鄰長前幾日爬山時不慎摔傷，在家休養。電路尚未有人來修，鄰長就教我在灶頭起火炊飯。閒談中，鄰長說起八十一年，他們上桃園縣「巴陵」看當地的水蜜桃展觸發靈感，而想把水蜜桃引進司馬庫斯來種植。翌日他在夢中聽到上帝的聲音告訴他，往後司馬庫斯也會如同「拉拉山」一樣發展觀光。

於是回部落後，鄰長花了半個月尋找祖先所說的神木（紅檜）群落，幸運尋著之後，再請學者專家前往鑑定，因而踏出司馬庫斯發展觀光的第一步。

現在千里迢迢上山來拜訪神木的人正方興未艾，雖然為司馬庫斯的居民帶來些許收入，相對地也隨之帶來一些文明的負面衝擊。

早上帶著兩個小孩在部落裡散步，第一回清楚地細看司馬庫斯，對於我這個成日幻想要有一幢小木屋的人來說，在陽光下與司馬庫斯相遇的第一眼，簡直是一見鍾情。每一幢錯錯落落的都是最質樸的原木顏色，簡簡單單的造型，就像童年時圖畫裡的房子，卻是心底千想萬念所渴求的啊！連籃球架都是木材釘造的呢！

下午本來要幫鄰長上山整理水梨，卻因一場雷雨而作罷，那雷聲就在我耳畔炸開來，頭一遭如此真切地感受到萬里奔雷、電光石掣的氣勢，挺懾人的。

黃昏時分雨勢減弱，如斜打的珠簾，部落裡安安靜靜，人們大都在家裡烤火聊天，這份恬靜和第一天在秀巒村看到的紛雜畫面，迥然不同。

尤勞帶我往坡度較高的人家走去，探望一個部落青年——馬薩，馬薩於去年元月時在平地出了一場大車禍，因腦部移位而開刀，醫生說有百分之八十的可能會變成植物人，但因他的求生意志強烈，教會團契不斷為他祈禱，部落的人上山採靈芝到平地兜售，協助醫藥費的開銷，這些力量的結合終於把他從鬼門關拉回來，只是現在身體仍十分虛弱，說話及動作都較為遲緩，但據說他現在反而比出車禍以前還要聰明，記憶力也更強呢！

馬薩家前面的視野十分廓落，我站立的視線正好與面對的中央山脈頂平行，火紅的夕陽在我右前方翳入山頭，煙嵐就從我腳下的山谷冉冉蒸騰——這片人間淨土，正是十分適宜受重創的人休養生息。

當白天與夜晚迅速完成換幕的程序時，尤勞另一個已嫁做人婦的妹妹請我們進屋吃晚餐，席間庫光大哥和尤勞訴說族人祖先的傳說，還有建造部落維持傳統的理想。庫光大哥說他最近要蓋的新屋仍是要用相同以往的木材，依照舊有的模式來蓋，他們希望在不被外來文明侵害的原則下，讓部落裡每一個族人都能提高生活水平，不要繁榮進步，只要每一戶都能過得比現在更好一點。

從他們誠摯的話語裡，我深深感受到這群住在司馬庫斯的泰雅族人，那種不必刻意經營卻自然生根的理念。

當短燭燃熄，也是該告辭的時候了。走入星光燦爛底的黑色部落，剛才的情景深烙在心版上，那不正是我這幾年的流浪漂泊所嚮往的生活——「綠螘新醅酒，紅泥小火爐，晚來天欲雪，能飲一杯無？」在山中小屋，感受這般的詩意。

明天我將下山，我和他們相約，待水蜜桃採收的時節再上山。

＊　＊　＊

清晨五點四十分開始有人小聲地說話，有人清醒地應了幾句話又沉入睡夢中，輕柔的笑語，像棉絮般在空氣裡翩躚飛舞，小孩子安睡在大人的臂彎裡，竹東小鎮初醒的陽光照入大窗內，我坐起身來算一算人數，昨晚共有十個大人、四個小孩睡在這間五、六坪大的房間裡，卻一點也不嫌擁擠，還很空。

這回，我的友人小四跟我一道前來。昨日在新竹市和下山參加「泰雅盃籃球賽」的司馬庫斯的族人會合，他們因記錯地點而來不及報到，喪失了參賽權，但仍在場邊觀看了一天的球賽。昨晚，大夥兒就住到牧師在竹東租賃的房子裡。

山上的人習慣早起，六點半所有的人紛紛坐上三輛貨車離開牧師的家。雖然錯過比賽的機會，觀賞別人賽球的興致卻十分高昂，男人將女人載至竹東圓環便轉往新竹看人賽球，留下女人們在竹東市場買菜購物，順便帶小孩去看病。

一群人在圓環的麵店和市場之間來來去去，不知踩死了多少螞蟻，時間對於山上的人來說，似乎沒有太大意義，隨著時針的移轉，麵店的大樹下也不斷增加各種物項及食物——每一趟下山路迢遙，總是要滿載而歸才划得來。

終於在正午一點以後，要出發上山了，我和小四以及十一包磁磚、兩箱活跳跳的雞、一袋米、一大箱食物及小四帶來的一箱龍眼和我們的行李，一同放在尤勞新買的貨車後座上。

一整路晴日朗朗，清風習習，過了「宇老」——前山與後山的交界口，便開始石子路的長途跋涉，我躺在一堆貨物之間，身體隨車擺盪，山巒雲朵晃蕩成搖滾樂的音符，即將和魂牽夢繫的土地相逢，在晃蕩中有著流浪的自由與雀躍。

才分別三個月，那片通往部落的竹林已被怪手鏟平，開出一條下過雨便成泥濘的路來。車子終於可以直接開抵部落，但是阿敏的車可能負載過重，七、八個大人在車尾推啊蹭的，仍是使不上力，最後終於讓農業專用車及五個大人的重量給硬拖上司馬庫斯。

上山第一件事便是推車。到家時已逾晚上七點，司馬庫斯早淹沒在莽黑夜色中，星子也探出了頭。

可惜今年的水蜜桃已採收結束，不過還是有很多事可做。第二日一早，我們乘坐馬度開的農業專用車，和族人們去採收鄰長家的小米。這一回我可是裝備齊全了——雨鞋、長手套和圓帽，這樣我就不怕滑倒，蚊蟲不會侵擾，也不畏太陽晒了。

車子晃晃蕩蕩往山裡開去，有一段路還像阿里山的小火車一樣，必須倒退行進到了底再往前開，山徑實在陡峭顛躓。車子行經部落時，便看到陸陸續續有人自草深處的小徑冒出來，他們都是來幫忙採收小米的。

在司馬庫斯，至今仍保有這種沒有貨幣交流，互助合作的勞動方式。

雖然太陽大剌剌地直射下來，人在長得與人齊高的小米穗中移動，除了頭頂上的圓帽之外，沒有任何可遮蔭之處，但山中沁涼的

部落還保有互助勞動的方式，族人一起採收小米。1995年。

氣候，倒使得地面的溫度也不甚炙烈。

族人們流利的泰雅語像美妙的音符在我耳畔輕快地跳躍，雖然那是我聽不懂的語言，但當他們爽朗的笑聲在曠野中響起來，我也會受那愉快的氣氛所感染而綻開笑顏。

累了，大夥兒便離開陂陀的小米田，各自找林蔭歇憩，一邊啃食剛採收的水梨和橫生在小米田中的大黃瓜，起初我尚不敢嘗試生吃大黃瓜，但後來咬了一口之後，那份混和山嵐沁人心脾的甘冽便滲入肌髓，畢生難忘了。

午後又落了一場雨，小米無法完全採收，傍晚時分，籃球場就成了男人們廝殺的戰場。週末的夜晚，司馬庫斯也逐漸增添外來遊客的嘈雜氣氛，因為路況不熟，車況欠佳，一輛滿載遊客的巴士困蹇於司馬庫斯橋上，馬度開了貨車去接人。

入夜八點以後，部落已接近沉睡的寧謐中，「落難」的遊客也一批批抵達山莊，阿代和 yaya'（媽媽）都忙著下廚快炒一盤盤熱騰騰的菜餚，填飽旅人飢腸轆轆的肚子，我和小四也跟著忙進忙出，端菜、收拾桌面、洗碗盤。

那些遊客皆以為阿代和我是親姐妹，因為有著相似的容貌，深深的眼睛，高高的顴骨和黝黑的皮膚，阿代索性告訴他們，我是她好命的妹妹在平地念書所以比較白，而她是苦命的姐姐，留在山上工作所以比較黑，那些遊客倒也信以為真了。

那一晚遊客們喝酒、談天的笑鬧聲，是部落的深夜裡，最後的聲音。

隨著週日的到來，上山拜訪神木的遊客漸增，為司馬庫斯帶來更多聲音和些許收入，也帶來更多垃圾和破壞。有的大人帶著小孩，因為愛戀花朵的美麗而任意攀折摘取，這種行為除了不尊重大自然其他生物之外，也可能因而摘折掉正逐漸滅跡的稀有植物。

人類也是大自然的一份子，沒有人可以剝奪其他人欣賞大自然的權利，而人類更應該學習尊重大自然中的一草一木其生存的權利。

鄰長上山採了幾簍梨子回來，原本要載去「泰岡」賣的，可是遊客看到這麼多漂亮、現採沒噴農藥，價格又便宜的水梨，紛紛搶購，大夥兒就窩在廚房後頭，分工合作揀梨、包海棉、裝盒，因受不了新鮮水梨，盈溢的香甜、甘冽的誘惑，每個人都是一口水梨，一手包裝，十分忙碌。

假期過去，遊客一批批下山，司馬庫斯又回復原有的寧靜。

我這一趟上山來，很難得有機會碰到尤勞，他要結婚了，這陣子他正忙著重建廚房，有一天我看見他抓著電鋸刨木頭，手勢很熟練，他說以前並未接觸過木工，就和正在蓋新屋的庫光大哥一樣，這種事之於司馬庫斯的人好像天生賦秉，部落裡十幾戶人家的抽水馬桶、電燈、地板上的磁磚，都是他們自己安裝的。因為地處僻壤

司馬庫斯唯一的教堂。
1995年。

而造成許多物資和人力的不便，卻渾然淬鍊出更強的生活能力——我想，上帝還是滿公平的。

司馬庫斯的小孩應是全臺灣年紀最小的住校生，因為司馬庫斯沒有小學，只要小孩到達就學年齡，就必須離開部落住校。現在正值暑假，許多在外求學的小孩都回到部落。曠地裡或籃球場都可以看見，也可以聽到我和小孩子們追逐、嬉戲嘶喊的聲音。這些如獮猴般調皮，似脫韁野馬滿山亂跑的小孩，我真是打心底羨慕他們，從大自然中孕育成長，和土地密不可分的生命。

有時候，我背著相機往部落外頭走去，小孩子的呼喚聲便穿過曠野遠遠地傳來——「泥秠（Niya），妳要去哪裡？」我回頭向他們揮手，他們卻以為我要下山了，聲音便又響過山谷——「妳要回去了？還要回來喔！」

如果有一天，我的小孩也像他們成日在山野中奔跑，在泥土中打滾，搞得滿身灰頭土臉，卻還掛著快樂而滿足的笑容時，我一定不忍心苛責他的。

馬度家的小米已採收完畢，我和小四下山的日子也近了，部落青年阿話跑來問我何時再回來？我心裡卻想，下回上山，司馬庫斯不知將會變成什麼模樣？這次僅隔短短三個月，那片阻隔部落對外交通的竹林已被剷平開成道路，部落裡也新開一家雜貨店，尤勞要結婚了，馬賽叔叔也新添一個寶寶——那晚在馬度家裡翻看舊照片，恍若翻閱一部司馬庫斯簡史，從在河兩岸拉繩纜運載摩拖車和人，到現在開貨車行泥濘路，還有背竹簍爬山的鏡頭，連yaya'（媽媽）都說，這個要保留，以後就看不到了。

時代的巨輪不停向文明、進步的方向滾去，連與世隔絕的高山部落，也不斷地在蛻變，「傳統」在時代的洪流中，稍一不慎，極容易式微而被淹沒。

人和土地的情感，就像人與人之間的緣分，有些人僅只是短暫地相處，便能一見如故的建立起深厚而親近的情誼。我對司馬庫斯和生長在那塊土地上的人，就是這種感覺。每當我輕輕唸著「司馬庫斯」，部落孩童清亮的呼喚，便遠遠地真實地穿山越谷，飄入我心中的那塊淨土。

七年之後

這是一趟預期之外的旅程。我還被一大堆稿債追殺中，還有新書的稿子等著我校對。

車子即將轉入竹東鎮，「司馬庫斯」這個在心底喚了多年的名字和部落裡一張張熟悉的臉孔，不斷跑進心中：「上山吧！」我對自己說。

帶著三歲的悠悠和肚子裡七個月大的巫古，按圖索驥一路依循上山還開錯幾個岔路，不知是距離加深了思念還是思念縮短了距離，以往隨部落的人一同上山，沿途還需採買、吃東西、辦雜務、休息，一趟上山總是從白日到黑夜，才自竹東回到部落，這回竟只開了三個小時便抵達司馬庫斯。

猶記得七年前頭一回上山，車子尚不能開進部落，只能停在部落前面竹林之外，男人們將所有物件，包括瓦斯桶、大袋的米、整箱的食物……扛在肩上。女人除了身後背著小孩，手中也都抱提重物。當時在森黑夜色中，我們跨過橫亙的樹枝，攀岩陡坡蹊徑，穿越重重竹林，大約十五分鐘的路程，才進入部落——那是一條不及一人寬，沿著斷崖草鬮的山徑。

現在連小型巴士都可直接開進部落了。

闊別多年，部落的樣貌改變頗多，原本一幢幢安靜質樸的小木屋泰半被一棟棟三層樓高的渡假民宿給遮去了，這樣的改變其實可以理解，為了生存安全及有限人力的考量而無法大量擴充農作面積，發展觀光遂成為部落較好的生計來源。

有點手足無措地站在遊客服務中心前面，一張張熟悉的臉孔打我面前經過、停駐，有的對我點頭微笑，有的表情困惑，似乎極力想從記憶中搜尋有關我的印象，我鼓起勇氣假裝大方地開頭說：「你們忘記我了喔？」我說起曾和你們一起上山採小米，其中有一段路車子還必須倒退到了底才能再往前開，而小米田裡蔓生著大黃瓜，我們直接採了就生啃，滋味特好的。還有，我第一次上山時老天一直下雨，你們說族裡有個傳說，當你們族人初次到陌生地方拜訪時，老天便會下一場雨來表示歡迎。而你們那次到新光部落幫牧師家的水梨套袋，中午吃過飯，我獨自在山間散步，又是突來的一場雨，我躲到路邊的水泥管中避雨，被開車路過的馬度發現而將我接回，尤勞還笑說：「妳不要嚇到路過的人，他們會以為妳是百步蛇蛻變的美人。」還有還有我在山上地第一次看人殺豬、第一次吃到飛鼠肉、山羌肉、第一次上教會，還有還有……。

「我想起來了，妳那時是一個人上山哦！而且還住了一段時間。」

「妳那時還是單身哦！現在都有小孩了，時間過得真快！」是啊！算算七年未曾上山了，然而令我驚訝的是時間似乎遺忘了這群住在海拔一千六百公尺高的泰雅人，竟然未在他們臉上留駐任何痕跡，族人容顏未改，也依舊勤奮風趣且謙和有禮。

晚上曾鄰長的大兒子馬度安排我們住宿，晚餐和鄰長的家人一起吃，席間大夥兒都在談論我第一次上山的情景，七年的光陰歲月似乎就在一頓飯之間溜過去了。

「我最近要蓋的新屋仍是要用相同以往的的木材，依照舊有的模式來蓋，我們希望在不被外來文明侵害的原則下，讓部落裡每一個族人都能提高生活水平，不要繁榮進步，只要每一戶都能過得比

上／周末的籃球場，是男人廝殺的戰場。1995年。

下／那一年，我在司馬庫斯，馬度家的小屋前。1995年。

現在更好一點。」庫光大哥七年前說的話語言猶在耳，七年來他們也不斷朝此目標前進，終於在九十二年年初落實生命共同體的經營理念，族人成立遊客服務中心，上山的遊客可以透過遊客服務中心選擇自己喜歡的民宿，族人們則分組負責櫃臺、販賣部、採買、房間清潔及料理遊客訂餐等等工作。司馬庫斯的泰雅族人至今仍保有無貨幣交易的互助勞動方式，當日未輪值民宿各項工作的族人，便幫忙其他農事，像今日族人們便幫忙馬賽叔叔採收青椒。

整個部落瀰漫著一股清新的勞動氛圍。

司馬庫斯的居民約百餘人，當然不是每個家戶都願意加入以椅岕・穌隆頭目為首的生命共同體的經營模式，也不是每一個司馬庫斯的居民都能同心協力，想法上也有許多歧異。但椅岕・穌隆頭目帶領的這群司馬庫斯的泰雅族人是我見過最勤奮和善，也是最有理想與遠見的原住民，即使在追求金錢物質的過程中也不致迷失單純的本性。在部落裡鮮見族人酗酒的情形，他們拒絕卡拉ＯＫ及酒精飲料隨遊客進入部落，遊客服務中心也不賣酒精飲料，這點堅持讓我十分敬重。對於未來的願景，馬度希望讓願意重返部落的泰雅族人，共同尋回原始泰雅部落的味道。

夜來了，漫天星斗如千萬盞燈火燃亮夜空，站在臺灣最接近星空的部落，閒看生活在這塊淨土上的泰雅族人，心中湧現一股奇異的感覺，這群人和我如此熟悉又擁有與我迥然相異的生活方式與節奏，恍若陶淵明所遇的武陵人，有點不太真實。

下山前，頭目對我說：「妳好像離家多年的親人，流浪四方，現在又回來探望我們，令人高興，但下次何時再上山呢？」這話不禁讓我熱淚盈眶，對於未來，我愈來愈無法給予承諾。而我心裡還想著：下一回上山，我還能找到上山的路嗎？

當潮聲漸遠

曾經因為戀棧不捨愛河畔阿伯勒花開如果凍般的金黃剔透，和鳳凰花紅烈似醇酒的醺然飄醉，還有港都人特有的流氓氣息而離不開這座南方大城。

如今鳳凰花燎原之火已殘，阿伯勒金黃璀璨已枯，疲於應付都市人特有的複雜和機巧，整個生活像一不小心打翻了調色盤，濺潑一地穠稠而斑駁難辨的顏料，全弄擰了——是該遠走的時候。

拿著飛往蘭嶼的機票，微微牽動嘴角，此刻灰色的天空出現難得的幾許陽光，國華航空的飛機在轟隆震耳的聲響中揚起，將這座令人窒息的城市狠狠地拋下，心情也擺脫了大片陰霾。

短暫二十五分鐘的飛行，蜻蜓翅膀般的機翼開始向左傾斜，準備降落。

明亮的機場，黧黑的膚色，尾音總要往上揚的達悟式中文，一切都那麼熟悉，彷彿不曾遠離。

阿尤伊 ayoy（達悟語：謝謝），蘭嶼以晴朗的陽光和溫柔的海風迎接我。

沒有任何的通知，紅頭的朋友被我的突然造訪駭了一大跳，有點倉皇失措。很快，便被熟悉喜悅的情緒所取代。

＊　＊　＊

跟著五名達悟男子手執潛水用照明燈，騎車經過黝暗的環島公路，星辰燦眼，為光束之後的漆黑燃亮遙光。

眾人停在「象鼻岩」，白日於公路與峭壁間亂竄的山羊，此時或躲入岩洞或在峭壁上進入歇眠狀態，男子手執電筒掃射，三隻身上摻雜黑色斑紋的小羊，似乎很不適應闃黑中突來的亮度，愣愣地望著光束後的我們發呆。

突然，閃著金屬銀光的峭壁在光束的掃射下，躍出兩顆紅寶石般的銳眼，大夥兒興奮起來，暫且丟下抓羊的目的，疾步攀越峭陡峻險的山壁，企圖捕捉這幽暗中的紅寶石——白鼻心。我也揣著矛盾的心情尾隨上山，一面好奇想看白鼻心的真貌，一面又祈禱白鼻心能機伶逃逸免為刀下俎。

幾乎登上了山頂，確定白鼻心已逃逸無蹤，大夥兒才無功折返。男人們發現我腳蹭涼鞋，竟也大膽爬上陡陂山巔，關懷的責罵如流星墜來，蘭嶼的女子沒有這麼好奇的吧！城市的女子也都是瘦弱不堪的吧！在他們眼中。

因為不忍，即使年輕氣盛手持十字弓的達悟男孩，也不敢對山羊下手而結束這場可能發生的「屠殺」，感謝上帝。

＊　＊　＊

海風習習拂動椰樹，四面無壁的木製涼亭上，老婦人抽出白色毛線捲成毛線球，另外兩個婦人閒適地坐著，不時自隨身攜帶的小袋中，取出小刀和檳榔，切下一小截老藤和石灰，塞入口中。

一句親切的「鍋蓋 kokay」（達悟語，問候之意），老人們微笑著招呼我上涼亭乘涼，簡單的日語和幾片餅乾拉近了彼此的距離，老人送我兩根青絲皮的香蕉，香嫩而不膩，幾句交談後，老人又自隨身攜帶的小袋中拿出身分證，讓我認識她們的名字和年紀，都是年逾七旬的老嫗，依然健朗，談笑風生。

落日似溶化的蛋黃冰淇淋溶入大杯的藍色汽水中，並且規律地吐出蜿蜒的泡沫來。黃昏的海風又像摻了各種氣味的蛋糕，飛魚香啦！芋頭香啦！地瓜甜啦！豬呀羊呀雞呀鵝呀！膩膩的飽足，不禁眼皮沉重，靠著欄杆便打起盹來，寤寐中老人的談笑聲不曾間斷，在說些雞毛蒜皮的笑話吧！沒有唏噓唉聲，並且又有新的人加入聊天之列，老人笑著要我乾脆躺下來睡一頓。

在這一個什麼事都不必急著去做的島嶼，想睡就睡，想吃就吃，若在大清晨或夜幕垂降之後，發現四面通風的涼亭上躺著一個酣睡的人，不必驚訝，有時山羊也會上榻與人同眠；任何時刻看見老人炊生篝火烹煮芋頭和熱騰騰的鮮魚端上涼亭時，也不必問吃的是幾點的飯。

在這個被海水如母親乳水哺育的島嶼，所有複雜的情緒也都讓潮水洗刷得透明而簡單了。

＊　＊　＊

朗島部落的孩童在碧空如洗，烈日灼身的澄藍海水中嬉鬧喧騰。

放學後即躍入海水中玩耍的達悟小孩。

男童女童不分彼此，忽而似魚潛入海中逐浪，忽而竄出水面甩掉一身晶瑩。那褪去文明衣衫和包袱，赤身裸體的黃毛小兒張大了嘴，高聲吶喊著縱身躍水，濺起旋開旋滅的浪花時，是怎樣暢快淋漓的感受？我不曾經歷過。有的小孩索性將一身塵泥土垢和衣跳入無垠的藍色水缸，洗個乾淨。

波湧浪翻的海水沒有漂白水的怪味，也沒有摩肩擦踵的人潮，有的只是色彩斑斕的魚群和瑰麗的珊瑚水草，天地就是他們的遊樂場。擔心孩童安危的母親在沙灘上微笑旁觀，父親來挽著全身被海水浸透的小孩回去吃飯，沒有責罵，父母尚未來尋的，繼續縱情嬉戲、吆喝。他們不必趕著幾點鐘要補習英文數學自然國語，也不必像城市的小孩日日煩惱著星期一要練鋼琴，星期二要學跆拳道，星期三要加強小提琴，星期四要上珠算，星期五要學作文，星期六有時還要趕場，棋弈和書法。

這樣嬉戲無年月的日子，對城市的小孩而言簡直像安徒生的童話一樣遙遠，而這一汪碧澄的海洋，翠蓊的山林和純淨空氣，對摩廈車煙中打轉的城市小孩來說，更是一場奢求的夢境了。

這裡不需要電子雞、電子恐龍，在大街上亂竄的雞鵝羊豬，便可讓他們觀察生死，餵養生息。

這裡不需要流俗的歌曲，古老的詩歌、海聲松濤、貝殼卵石，無一不是音樂。

他們不需要學習寫作，達悟的子民個個都是天生的詩人，豐饒的海洋和傳統的勞動就是創作的泉源。

他們不需要學習防身術及跆拳道，在激流中與一尾四、五十斤的浪人鰺生死交搏，頭頂一袋二十斤的芋頭走一段長長公路，便能練就強壯的肌肉和體力。而這裡更不需要防衛暗巷中持械搶劫的歹徒，睡覺時大可夜不閉戶，夜半獨自在沒有路燈的部落中安心遊蕩。

可是一個童蒙未啟的蘭嶼學童，離開黑潮溫暖哺育出濃郁人情的熱帶島嶼，來到人世炎涼詭譎的臺灣，要如何生存呢？

他，約莫十六、七歲的年紀，有著達悟人特有的銅黑膚色，墨深而圓亮的眼瞳，如小米穗色的頭髮。經常，望著洶湧滔滾的八代灣，目光怔忪而茫然。

一日，他騎著不斷洩出殷血般機油的摩托車載我到碼頭看船。昨天他幫阿雄到港口搬貨，勞動了一整日，累了，今天想休息，正好可以陪我閒逛。

「什麼時候當兵啊？」刺膚的風中我喊著。

「大概還三、四年吧！」他不確定地回答。

在我習慣的社會型態中，這個年紀不該是脫離學校、荒蕪求知的歲月。

下午三點，在漁人部落和達悟族的長輩共享午餐。右邊是男人魚乾，中間是剛蒸好的芋粿，最左邊是女人魚乾。男人魚乾較腥，女人魚乾真是人間美味。1997年。

「剛從國中畢業吧！」

「沒有，我只念到小學五年級。」他很自然地說。

「怎不把小學念完？」

「我國小就到臺中去念啊！媽媽在臺中工作，可是一直很不固定，換來換去啊！我就一直轉學，一直轉學，到後來都沒有心讀書啦！」

「怎會這樣呢？」求知的黃金歲月，怎會就這樣被大人的散漫給蹉跎了呢？

「有些同學很壞，剛轉學過去都沒有朋友啊！他們會打我，從腳踏車上把人打下來……」

「老師都不管嗎？」

「有管啦！可是還是一樣啊！之後還是照打。」

事情怎會是這般呢？令我憤怒的是，漢原之間的鴻溝，仍無法消弭？令我心疼的是，他的語氣平淡如一杯白開水，所有童稚時的創傷和陰影都散去了嗎？當他達悟的同伴燦開笑顏似一尾滑溜的魚躍入深藍的海水時，他卻在漢人霸蠻的拳頭下，如一隻傷痕累累的小貓，縮在陰暗的水泥牆角！

誰來為他慘澹失學的童年撫平傷痕？誰來為他漫長而茫然的未來提燈引路？是母親的土地，生息不滅的海水嗎？

車子行經椰油圖書館，他伸手指向那幢灰色建築物說：「有時我會到那裡面去看書。」

「以後打算怎麼辦？」

「半工半讀吧！」話語的茫然如海波的不定。十七歲的男孩如何回頭去銜接國小六年級的教育？如何去涉光怪陸離的臺灣險灘而謀生？

新蘭嶼輪滿載蘭嶼人鵠候已久的貨物緩緩入港，男孩興奮地指著在水中悠游如銀帶一般的身姿：「看，尖嘴魚。」陽光反射下的海洋亮晃晃的，令人無法直視。男孩又熟練地自潮間帶的礁岩上取下一枚貝殼，是他們慣於生吃的kono（達悟語：硨磲貝）。

穿過港口的視線正好落在一面森黑鬱沉的山壁，山壁的側邊如達悟老人深鐫滄桑的輪廓。把男孩喚來要他站在鏡頭前和人像壁合影，男孩側過臉來，敦厚靦腆的笑靨似澄淨的水渦漾開來，笑容裡掠過的是倥侗蠻橫的面孔，及迷亂的千瘡百孔中奔馳的童真歲月，鏡頭背後的我不禁目眶潮紅溼潤。

＊　＊　＊

八代灣的潮水來了又退，像嬰兒般酣睡時均勻而柔軟的呼吸，地平線那頭迸出一顆火紅的圓球，「咔啦」一聲拉開微熹的天幕，大地霎時通體明亮。涼亭裡熟睡的人變換了姿勢，避開陽光的直射，早起的人也開始準備一天的工作。

我在朗島，達悟的長輩讓我穿上她女兒的傳統服跟我合照，朋友在一旁笑著，很像，很像我們達悟族，不用回臺灣了。1997年。

去年拿到政府補助海砂屋改建的經費四十五萬元後（每戶），大部分的人家便打掉龜裂傾圮的海砂屋，重建新厝，過了一年，怎麼重建的速度似乎沒啥進展。曼當說：「在蘭嶼蓋房子就是這樣啊！有錢的時候多蓋一點，沒錢了就等有錢的時候再蓋。」十七歲的男孩騎著摩托車將老人裝好的一袋袋海砂運上部落，這也是打零工的一種。

從臺灣運來的砂石太昂貴，最後，蘭嶼人還是用海砂填屋。

「李金龍前幾天死了，妳還記得他嗎？」

曼當的聲音如岩鐘蓋過海濤。他見我一臉狐疑，洩氣地說：「妳不記得啦！他年紀跟我差不多，妳還跟他聊過天呢！」曼當今年三十一歲，我努力搜索記憶中的面孔，最後還是放棄。

「對不起，我想不起來了。他，怎麼死的？」

「不知道哇！就像我們現在這樣，走路走到一半就倒啦！」還是不改誇張的性格。

「怎麼可能！」我不服氣地叫。

「先前是有喝酒啦！然後走路走到一半就休克啦！」

「沒送醫院嗎？」

「休克的時候有送衛生室啦！（全蘭嶼僅有的衛生室在紅頭村），沒辦法處理啊！那幾天不是颱風嗎？飛機不能飛，就沒辦法送醫院啊！然後就翹啦！」為何蘭嶼人談起生死悲歡，竟是這般雲淡風輕的！

去機場買機票訂位時，碰見阿雄的父親，他說要去臺東看病，伸出兩隻手掌，一道道深裂的鴻溝，不是富貴手吧？這種病醫院是不可能提供病床的。

「晚上睡哪裡啊？」我問。

「有病床就睡，不然就睡旅館。」語氣仍是一貫的稀鬆平淡。

我在心裡暗自計算，來回機票將近兩千三，加食宿費、掛號費、自付額、車錢……看個皮膚病還真昂貴呢！

下午去探望我在蘭嶼的雅瑪 ama（達悟語：父親）、音娜 ina（達悟語：母親），雅瑪看來依然健朗，音娜卻似乎不太健康，音娜拿著衛生紙擦拭不停滲油的雙眼，順手又拿了瓶肌樂東抹抹、西擦擦。音娜苦笑說：「老人啦！這裡痛，那裡痛。」

下次回來，應該幫音娜帶一瓶肌樂。

＊　＊　＊

離開蘭嶼的前一晚，阿雄買肉，曼當醃肉，小黑射的魚，王明勳、老鼠、老美翹課，還有阿雄的老婆小美、曼當的老婆蘭瑛、阿強、東東，為我這個異地歸人餞行。篝火被風搖曳著，光影停駐每個人的表情明明滅滅，莽黑中八代灣的潮水生生滅滅，每一次拍岸擊石都是深深的依戀哪！

上／蘭嶼機場。1995年。

下／我在蘭嶼機場登機室候機。1995年9月。

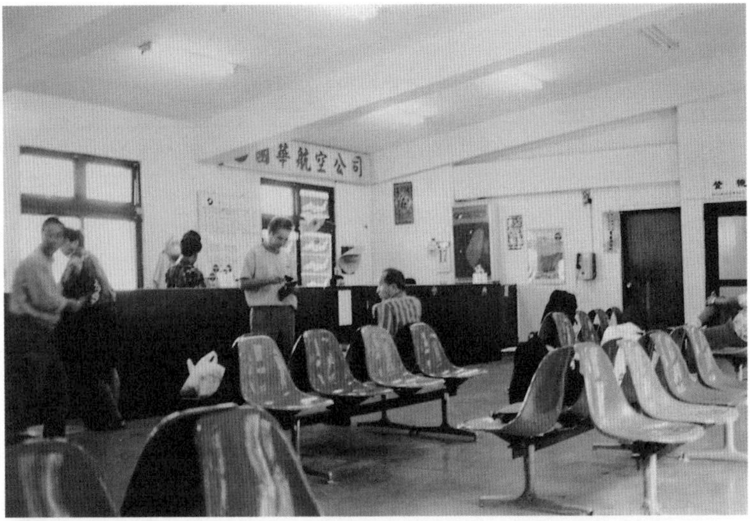

流星似火光，一顆連接一顆劃過墨黑的玻璃天幕，每見一顆流星墜落，我便合掌許願，身旁的「老鼠」忍不住笑我：「那麼愛許願喔！」是啊！我是個多欲多求的人，再多的流星也不足夠的。

米色大牆上彩繪「海洋終結者」的小黑家，門前的涼亭裡，夏曼・藍波安點燃指間的火光，輕輕吐著雲霧：「都市人，小圈圈太多，很複雜。」這句用十六年黃金歲月鎔鑄而成的肺腑之言，如大顆隕石撞擊我的心胸，鏤出一窟大洞來。

回到城市定居整整兩年，發覺自己愈益無能為力去應付人心的複雜和詭譎的世故，我的多欲多求不過只是倚一座青山，面一頃碧海，在潮水山風呼吸吐納的起伏中，日起夜眠，可以粗心糊塗，可以懶散豁達，可以任性所為地簡單過日子啊！

夏曼・藍波安在我從臺灣帶來的他的新書《冷海情深》第一頁空白處寫著：

泥䃛吾姐

海！很深很藍！

愛您啊！

蘭嶼的洸洸水瀾、蓊蓊山林是我所愛；蘭嶼人的單純達觀、情分濃郁，是我所愛；風呀！樹呀！氣息呀！星辰明月呀！都是我所鍾愛的啊！

年復一年的歸去來返，已攪不清歸的是哪個鄉，離的又是哪座島了。只知道思念似地底蔓生的樹根愈扎愈深。

然而，當潮聲漸遠，笑聲漸悄時，也許，流浪才是我的歸宿。

蘭嶼的美麗與哀愁

在蘭嶼閒晃的日子，頂著正午毒辣的太陽走入漁人部落，一個黝黑瘦長，約三十來歲的達悟男子和他的父親坐在涼亭裡吃午飯，他看見我就像與我十分熟識地打招呼：「妳吃飽了嗎？坐啊！」

在蘭嶼家家戶戶門前都有一座自己用木頭搭建的涼亭，達悟人在涼亭裡吃飯、聊天、玩牌、下象棋、乘涼、發呆、睡覺，很多時候羊群也會跟人一起睡在涼亭裡。

涼亭裡的男人用小刀挑出硨磲貝 kono 的生肉拌青辣椒，要我與

野銀部落。1996年。

他一起分享他的午餐——一鍋醬油拌青辣椒的生硨磲貝。我說我吃飽了，他卻毫不理會我的話，從涼亭的一隅摸出一雙看來已經使用過的竹筷，往他身上擦了幾下就把竹筷遞給我，用命令的口氣說：「快啊！這一鍋都是妳的！」他看我沒反應，更大聲地說：「快吃啊！還要我餵妳喔！」我順從地接過竹筷，夾起一個kono湊在鼻尖聞了又聞，那股腥嗆的辛辣味，實在難以下嚥——那時我還不敢吃生魚片。趁他轉身之際，我趕緊將手上的kono放回鍋中，嘴巴空嚼了幾下，佯裝吃到人間美味般地露出滿意的笑容說：「嗯！好吃。」

「還有啊！再吃！快點！」男子不斷地催促我，我尷尬地轉頭看始終在一旁安靜吃午餐的老人，老人對我慈祥地笑了笑，用手指了指他腳前的一鍋地瓜——那男子的聲音又響起：「吃地瓜啊！地瓜好吃。」我實在有點畏懼他會發怒，趕快抓了一條地瓜塞入嘴裡，味道的確很甘甜。

我又從鍋裡取了一條地瓜，謝了又謝，近乎落荒而逃的狼狽，告別這個性情有些急躁的達悟男子。

午後，搭上環島公車，來到野銀部落，野銀部落是當時蘭嶼保持原始地下屋較完整的部落。

從高處鳥瞰野銀部落依山傍水，近處山色蓊鬱青綠，遠方潮汐湛藍翻飛，地下屋油毛氈的黑色屋頂在陽光下閃閃發亮，人們在涼亭裡談天說笑，在這裡，時間就好似海風一陣一陣地，漫不經心。獨自在部落裡漫無目的地閒晃，認識了李金保這對夫婦，他們和一般達悟老人一樣熱情友善，而在蘭嶼只要會說簡單的日文，再學幾句達悟語，更重要的是帶著一顆真誠的心，便能與達悟老人親近的溝通。

日語等於是達悟老人的第二語言（這情形與其他原住民部落相似），根深柢固猶如對上帝的虔敬——日語和信仰的改變都是殖民的遺韻。

坐在涼亭裡和李金保夫婦聊天，老人家不斷從籃子裡取出檳榔塗上石灰，再夾一小截檳榔樹樹枝往嘴裡塞，嚼得滿嘴紅漬。李金保讓我獨自進入他們的地下屋（主屋）參觀，左邊側間是廚房，屋頂的高度不到一百五十公分，裡面擺設有一臺瓦斯爐、一臺小冰箱、五顆大南瓜和幾件掛在牆上的衣服，除此之外，別無長物。另外一間屋頂與地面齊高，屋頂的高度不及一百公分，我用爬的進去，裡面正在烤魚，整個房間被煙燻得霧茫茫，嗆得我眼睛張不開趕緊爬出來。

側邊那間廚房是近幾年新蓋的，仍舊依照以往的建築模式及高度。從蓋房子這件事便能看出達悟老人堅持傳統的那份心。

李金保的大兒子正巧從臺灣回來，為了帶他的女兒回蘭嶼念小學。他還特地向朋友借了一輛摩托車接送我這個僅有一面之緣的陌

在鏡頭前顯得莊重慎重的李金保夫婦。我的朋友。從相簿中抽出這張老相片，發現自己在相片背面貼了一張便利貼，上面是我年輕的字跡——只要誠心對待，就能獲得雅美人的友誼（那時，還沒正名為「達悟族」）。他們需要的是尊重，而非同情。我想，這種態度，是面對所有族群、人種與生命都應有的態度。1995年。

生女子，回去往返要一小時路程的「蘭恩文教基金會」。這種濃厚的人情味，在工商繁忙的都會臺灣，是不容易領受到的。

這幾日總是在不同的時間看到那個欲逼我吃下一鍋kono的達悟男子在環島公路上走路，不快不慢的速度，而且一天好幾回。他的頭總是低低的，很少東張西望，更多時候是目光不知落在哪個遙遠的遙遠的遠方，只是失魂落魄地向前移動軀體，有一、兩回與我面對面狹路相逢，我對他投以友善的點頭微笑，他卻好像從未看過我似的，或者說根本沒看到我，面無表情地與我擦身而過。後來我從蘭嶼的友人那兒得知，他精神失常。在蘭嶼每一個部落都有像他這樣的人，他們的共同點，都是去臺灣工作一段時間之後就精神錯亂回到蘭嶼。沒有人知道他們在另一座海島離鄉背井自力謀生時，究竟發生了什麼事而至崩潰喪志。

終於到了必須結束這段出軌旅程的時刻。這是我第一回到蘭嶼，之後連續好幾年，蘭嶼成了我躲避臺灣那座人世詭譎陰沉之島，最貼近我靈魂的療傷之嶼。那一次，離開蘭嶼的那天清晨，獨自在機場候機時，一個面孔熟悉的「男子」，約二十多歲吧！在我身邊的位子坐了下來，只是安靜地坐著，偶爾低頭翻翻他手上攤開書頁的聖經，我轉頭定定地看著他，他露出一口殘缺不全的黃牙衝著我傻笑，大概被我看得不好意思了，一會兒又站起身來，腳步茫然地晃出機場。望著他衣衫襤褸的背影，不禁目眶潮紅，他是那麼溫和不具攻擊性，在他神智清明現已塵封在生命卷軸沒有攤開的那一部分，究竟發生了什麼樣的故事？這一切又能怪誰呢？

負責驗關的機場服務人員招手要我登機，是巧合，來與去的十九人座小飛機，加上我，只有三名乘客。飛機緩緩起飛了，天空是透澈的酒藍，不同雲系同時出現在廣袤浩瀚的穹蒼之中，海風一吹，雲就急起直追，看著那逐漸在腳下遠逸的嶙峋崖壁，開滿白色野百合花的青青草原，洸洸水瀾，還有，像大海藍得那樣開闊的親切的達悟人的笑容與熱情——蘭嶼真是一座美麗的島嶼呵！但是，在美麗之中又摻揉著，淡淡的，哀愁。

黑色傳說

自從「黑色部落」的傳說進入心中，便對那塊土地和生活其間的人，產生一份難以言喻的嚮往之情，但幾度欲上山卻都未能順利成行。終於，在這年五月，茉莉花早開的季節，決定完成擱淺半年多的行程。隻身上山卻也不畏不懼，對原住民的部落，太年輕的我，總有一份特殊且過了頭的親切和信任。

我打了電話給當地的派出所，詢問警察可以聯繫上部落的窗口，警察給了我馬度家的電話，馬度的父親當時還是部落的鄰長，我撥了電話給馬度，但原住民的時間總是座落在模糊的時間與空間裡，揣著不確定的訊息和出發的篤定坐上北上的火車，我那時根本不知道要去哪裡跟你們的人會合，其實。但山上的人太過顯眼，在平地的人群裡。所以，我很幸運地不費吹灰之力就在圓環尋著你們，順利搭上便車。那次是馬度開車，我坐中間，你坐在靠窗的位置。貨車後座要留給「那羅部落」上車的兩隻黑牛——一切彷彿就像事先安排好那般湊巧。

上山的路途十分漫長，你仔細地向我介紹沿途的風景還有背後的傳說由來，我們對彼此都有很深的好奇，所以有許多話題可以聊。你說你才退伍十一天，第一天下山就遇到我第一次上山——如果，我半年前就上山，也不會認識你，

我想，是老天的安排吧！（很多年以後，我們在車上無所不聊了什麼，除了被記錄下來的，全都想不起來，然而卻怎麼也忘不了，

馬度靦腆地側臉看著我說：「載平地女孩的感覺真的很不一樣。」）

上山的第二天，我跟隨你們到另一個部落幫牧師家的水梨套袋，雖然身手笨拙，你們卻不斷地讚許我。原住民勞動的方式，總是一邊工作、一邊談笑，甚至偶爾還會唱起歌來，我喜歡這種輕鬆的氣氛，聽你們用流利的泰雅語交談，笑聲此起彼落，這比收音機裡流洩而出的靡靡之音還要悅耳。

午後，下了場雷雨，我趁飯後休息在山間散步卻被雷雨困住，當時，我是躲進一個大水泥管柱裡，等雨停。馬度開車出來尋我，看到我躲在水泥管裡，回去跟大夥兒笑說，山上的人可能會誤以為我是百步蛇變成的美女呢！你接口說，在泰雅族的傳說裡，山神會下一場雨來迎接第一次上山的客人。

也許是下午那場雷雨擊中電線，入夜之後整個部落沒入莽黑夜色中，而你么妹的訂婚喜宴照常舉行。頭一回看人殺豬，而且是在沒有星光沒有月光也沒有電燈的黝黑中。將切好的生豬肉分送族人，其意義等同於平地的喜餅。

接著族人進入不是很寬敞的客廳，就著紅色燭火，或坐或站享用從山下叫上山的辦桌菜，其實都冷了。你一直坐在我旁邊，盡職地招呼我，席間有一個約三歲大的小男孩很黏你，直叫你抱他，而你那喝得微醺的馬賴叔叔也抓著我，不停向我推銷你，場面有些混亂。後來，那小男孩在你懷中安靜地睡著，看你抱小孩的那份沉穩，完全沒有你這年紀會有的浮躁，反而是超乎你年齡的成熟和穩健。

我問你為何要留在山上？你原本安靜的眼神倏忽炯炯發亮而充滿熱情：「實在是因為太愛我的家園，還有生長在這塊土地上的族人，所以我一定要回來……現在有牛了，再買幾隻雞，蓋幾間農舍，農場的規模就有了……大家合力建造一個可以共同謀生的經營模式……」聽你分享建造部落，堅持傳統生命共同體的理念，像已到歷經世事，理想堅定的壯年。然而像你這般的年紀，大多仍只是個大孩子，猶處在「把生命高高扛在肩膀上歡呼，日子被踩在腳下狂妄地揮霍」的恣放青春裡，對於未來尚懵懵懂懂，而你的生命藍圖卻已篤定了然——心底對於眼前這個外表仍顯稚氣的你，更多一份敬重。

翌日，下過雨的黃昏，想尋你卻不遇，又看到昨日躺在你懷裡的小男孩，在你大妹子的腳邊抓泥土玩，我問妹妹那是誰的小孩？他說是你的。我駭了一大跳！前日還當著眾人的面問你，你們部落有無年輕妻子逃跑的現象？他們只說你有被女友拋棄的經驗，而你還說你嚮往原住民傳統的婚禮。看著我吃驚啞然的表情，妹妹也有些驚訝你不曾告訴我你有過一段婚姻的事情——她以為我們已經無話不談了。

我將問號放在心中，不敢向你提起，更沒有勇氣為自己的魯莽輕率向你道歉。然而，在我下山之前，你卻主動跟我說了你的故事。在你服役滿四個月，你相親而結合的妻子，也許是耐不住山上的寂寞；也許是對你信心不夠而逃離了家，留下一歲多的孤子給你。而你猶不死心，還花了一年多的時間山上山下到處尋她，尋著了尚用盡心思欲將她挽回卻未能夠——話語間，非但沒有嗔怨，反而充滿了思念。

我深深嘆息，這樣一個情深義重的男子啊！是那年輕女子沒有福分吧！我說。

後來，我問你：「如果還有第二次婚姻，你會再聽從長輩的安排嗎？」你篤定地告訴我：「絕對不會，我要自己選擇。」

於是，我安心返回都市，恢復生活秩序，等待水蜜桃熟成的時期再上山。

沒有留下電話號碼也沒有住址，也沒想過要聯絡，只是，天天掛記著山上的人，尤其是你。好不容易所有俗務和心情都好整以暇，卻已到了盛夏才有機會上山。族人到山下參加籃球比賽，我透過當地的朋友找到體育場與你們會合。分別三月，見了面仍如故熟稔地喚出彼此的名，山上的朋友也如見親人般熱絡相待。心底還沉浸在久別重逢的悸動裡，你便開口邀我九月再上山喝你的喜酒，婚期已不到半個月了——來不及防備，我只能竭力掩飾心中的驚愕與悲傷，依舊笑談風生。

上山時和你乘坐不同的車，便沒有機會和你細聊。而山路遙迢，同車的人也不免閒聊起來。這次，我坐在你大妹子的貨車上，妹夫開車。你那美麗的妹妹，突然和我說起你即將娶進門的媳婦，今年剛滿十六歲，住在前面的部落。妹妹說原本你想過兩年再成家，先打穩事業基礎再說，可是年邁的母親急需一個好媳婦來幫忙打理家務與農事，於是退伍三個月你便接受傳統的安排，決定第二次的婚姻——妹妹說故事時不疾不徐，和你說話的方式如出一轍。

她還偷偷告訴我，上回我下山之後，你曾向家人詢問對我的印象如何？一個你認為開朗、大方，和你很談得來又年長你兩歲的女孩——但是 yaya'（泰雅語：媽媽）說：「學歷懸殊太大，又是平地女子，人家怎會看上你！」

於是你那顆曾驛動的心，便因為時間和種種考量而安靜下來。靜靜聽完這段和自己有關的故事，原本在心底蠢蠢欲動的那點悲傷更加渲染成河了。

上山之後，我成日在部落裡閒晃著，在沒有幫馬度家包裝水蜜桃、採收小米的時候。你那個整天醉酒的馬賴叔叔，老是抓著我重複訴說我們的故事，說你對我很是愧疚，說你並不想要這樁婚姻……說得條理分明，還對天發誓絕無虛言。

部落裡還有一些輕薄的傳言不斷飛入耳中來。

我的心糾結得更深更緊，連夢都做不好。走出馬度家，每一次抬頭便能看見綻放在你家門前的紫色繡球花，記憶翩翩飛入那個停電的夜晚，眾人就著微弱燭光，你和庫光大哥一起訴說屬於泰雅族人的神話傳說，滅燭後，你陪我走入被星光和濃霧圈攏的黑色部落，娓娓道出你和你臨陣脫逃的第一任妻子的故事。你還認真地說：「只有情侶才能在部落的黑夜裡偕行，老人家這麼認為。」

然而，面對那些傳言我卻苦於焦慮而無法證實。你忙著幫你未來的岳父採收水果與重建廚房，而我也忙著幫馬度家包水梨、採收小米，照顧山莊遊客伙食和忙著與小孩們玩耍，一直找不到適當的時機和你單獨聊聊。

直到下山前一天，終於逮到機會和你單獨說話，從來沒學過建築的你正在整修廚房，停下手中的電鋸，聽我直接而坦率地詢問你對未來這樁婚姻的感受，卻見你神色平靜自若，滿心感謝地接受上帝所安排的婚姻，霎時，所有疑慮都煙消雲散了——

＊　＊　＊

怎麼突然想起，一個深黑的夜裡，電話那頭叨叨絮絮說著她和J單獨到泰國旅行，有了超乎友誼的肌膚之親的愛情故事，但電話裡的她滿是委屈和擔心，因為她的他目中無人，把她當佣人般使喚，但J是她仰慕多年的偶像，好不容易才得到他的青睞，她，還不想放下。而她和J和我是在一趟古國出遊認識的旅伴。那個J在回國之後，也沒費什麼力氣，就把我追到手，可能事情來得太快太突然，我還是很小心翼翼，做夢般不敢把兩人的關係當做男女朋友，就在兩地分隔、我的小心翼翼中，電話那頭的她對我說了這個故事。我靜靜聽著，對她很是祝福，但也真心心疼她，提醒她要懂得保護自己，好像也是說給自己聽似的——

怎麼現在，被雲霧嬝繞的中央山脈頂，面對一個擁有深邃眼神的泰雅男子，也生起相同的疼惜。

霧散了。也該收起所有的心傷情惻，和你所有的故事，鎖上記憶。只剩下真心全意的祝福。

行過翠微山路

最初會戀上這座位於阿里山海拔一千公尺鄒族人的聚落，全因那有著鷹般銳利的雙眸卻帶著孩童般單純靦腆的笑容，並且自詡過人聰明的鄒族農夫，陪我走過二月料峭翦寒的一場春雨，那打落一地嫣紅的櫻花瓣，繫戀瓣緣的晶瑩雨露，在晨起的霧嬝雲縵間微微顫顫——行過翠微山路，便已是深深戀棧不捨了。

老人家說這個村子，原名叫「Lalauya」，楓林村之意。七十多年前，漫山遍野的楓香，環繞村子每一處曠野的角落，及至深秋，霜冷氤氳蛻換楓顏，蒼艾、赤黃、緅紅、嫣紫、赭紅、緋紅……層層楓紅染遍山頭村落，女孩們撿拾秋天的詩篇遙寄山下平地的朋友，分享浪漫秋光；男孩們也將絳紅色的秋意夾在扉頁中，讓秋天最美的心事嵌入古人的文字裡。每當「Lalauya」被嵐霧涔涔鎖住，每一株蛻紅的楓香便在娉婷裊裊中翩躚浥浥……。

後來為了改善族人的生活，族人們決定將沒有經濟利益的楓香砍伐，繼之種植麻竹、桂竹、苦茶子等經濟作物，往後「Lalauya」的秋天失去泰半楓紅，而被翠月蒼艾的竹林取代。

我也曾在鄒族農夫收拾整潔到過分乾淨的書桌上翻開的書頁裡瞥見一葉楓紅，那晚亦是深秋，在教我如何使用他獵過山豬的弓箭之後，一起走入星空下的蜿蜒山路，腳蹤停在一座老吊橋上，他說起如何在高冷山上成為一名聰明的農夫與獵人的理想，才23歲，就想留在生命源頭的高山上，實踐自給自足的生活和保存傳統生活的使命。記得他的下巴抬得老高，自信且自傲，讓我必須仰望，超越星和月的高度。在也是廿三歲我的那年，遇見一個從榛莽深林走出的鄒族男子，讓我在往後的日子不斷上山追逐這則神話，以為尋尋覓覓尋著了讓我年輕的軀殼底蒼老的靈魂可以歇靠的結實肩膀。

臺灣光復後，國民政府將「Lalauya」易換另一個與土地的記憶毫無指涉的名字——樂野村。

民國六十幾年，當「種茶的沒有窮人」這句話在山中流傳開來，族人們相繼砍掉竹林，將泥土翻鬆，種下一棵棵的茶樹，一遍又一遍在雲舞嵐飛之間噴灑農藥，同時學習種茶及製茶的技術，十多年來篳路藍縷辛勤拓墾，眼前的樂野村已被低矮蔥綠的茶園環環緊扣充斥，每當濃霧散去，一排連迭一排的茶樹遠望去好似怒拔濃綠的刺毛及交錯裸露的岩壁肌理，拼湊出來的宛若一顆顆禿髮的頭顱。

認真數一數，現在整座樂野村僅存不足二十棵的楓香，當秋風

這個阿里山海拔一千公尺鄒族人的聚落，有著我的青春夢哪！

乍起，不再有「停車坐愛楓林晚」的閒情，卻只剩枯癟的病黃和瘀血的慘紫。

那日是坐著鄒族農夫白色小貨車，來到潺潺溪流畔，他丟下我走大老遠的路，捧來一大綑木材生火為我烤肉，我拿起相機拍下農夫強壯的模樣，就在那時鏡頭裡顯露出平時裝得酷酷的臉孔底下靦腆害羞的笑容。鳥鳴婉轉流水淙淙間，我從包包裡拿出一疊山海雜誌，希冀能透過文字與文化的關懷，消弭我們之中異族的鴻溝。鄒族農夫認真地翻了幾頁，不禁皺起眉頭，頭也不抬地說：「好，我就來看看，這些自以為是的原住民和漢人怎麼寫我們原住民。」我未應聲。驀然，他轉頭對我說：「為

在阿里山特富野部落，友人為我穿上鄒族傳統服飾。學生們喚我「泥砡（Niya）」，這個名字就來自鄒族。1994年。

什麼漢人要侵略我們原住民的土地？為什麼漢人要欺壓我們原住民的生活權益？」目光又恢復穿透暗夜森冷的銳利。我亦無言。

這才明白，那晚我和他說白日裡隨著部落小孩踏上庫巴（青年聚會所），鄒族農夫倏忽收起笑容正色對我說：「女孩子是不能上去庫巴的，妳知道嗎？」

「我不知道這個規定，對不起。」雖然我充滿歉意，但他顯然並未接受我的無知與道歉。之後開始對我刻意冷淡，直到我下山的前一晚，他從山下飛車趕上山，只為告訴我，為何對我冷淡。「妳不該踏進庫巴……本來還想帶妳去很多地方，但後來，唉！算了，一切都過去了。」鄒族農夫無奈地說。

後來，我隨田野調查隊去到了山海遼闊的天人菊之島，寄給鄒族農夫的信裡，夾了一朵天人菊，在閒話風島所見所聞之後，淡淡寫著：「我只是一個平凡的女子，無法背負整個漢民族的罪愆，況且那也只是少數人的作為。」——信，好像沒越過臺灣海峽，杳無回音。

我又和友人上了山，這次是拗不過友人的邀約，返回的是第一次上山工作時租賃的平地人開的雜貨店兼旅社，老闆有一個鄒族的義子，T，小我一歲，整趟行程T盡責地充當地陪，載我們去到鄰近的所有部落。同行的友人一整路像小孩般吵著想見見我魂牽夢繫的那個超人到底長什麼模樣，偷偷看一眼也好——T的表情有些複雜，但個性溫和的他還是順從了，車子停在鄒族農夫田地的上方，有人還拿起望遠鏡對他品頭論足，而我，靜靜的遙遠地看到他除草的背影，就已失魂落魄。T默默地陪伴我們一路下山到車站，臨下車前，他從駕駛座旁取出一罐茶葉：「這是我們家去年剛採收的冬茶。」連正眼都不敢看我。

後來，同事也在我之後上山度假，找老朋友。不知過了多久，

迷離光影的樂野部落。

籠罩在濃霧中的樂野國小。
1994年。

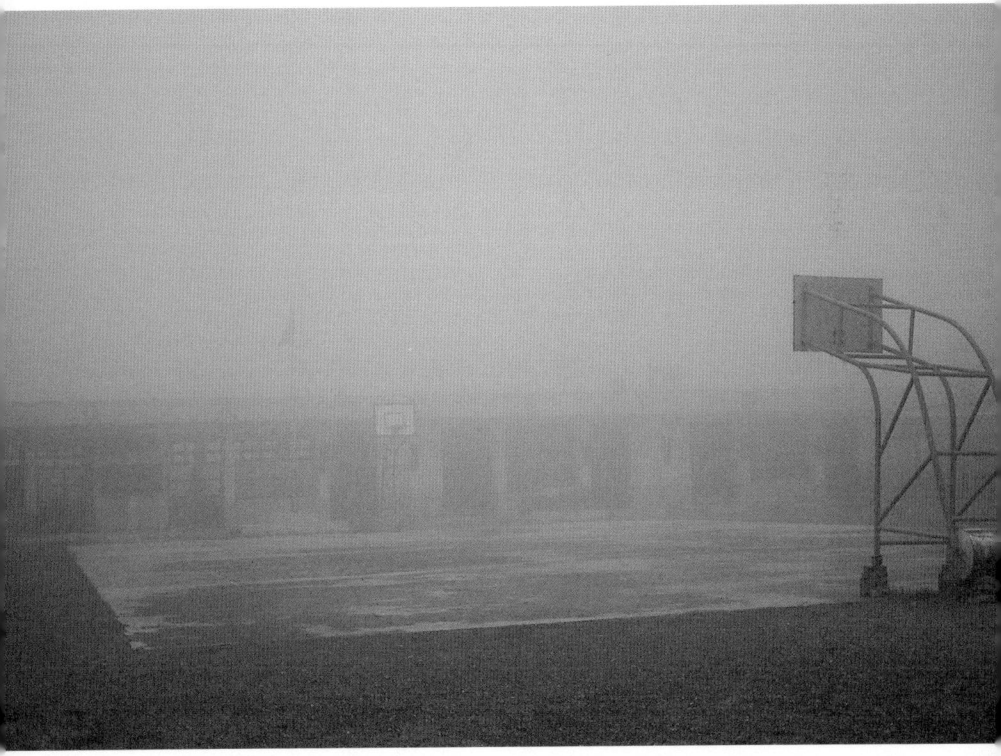

她才對我說：「妳都不知道自己已經變成一則傳奇了，在阿里山。雜貨店老闆一直說，他都為妳的將來設想好了，如果妳嫁給他兒子做他媳婦，雜貨店就交給妳管理，妳若不想經營雜貨店或者其他農事粗重的工作，也可以賣大腸麵線或其他的，老闆說都會支持妳，只要妳願意嫁到山上去……山上的人為妳吵得沸沸揚揚，妳卻呆呆的，什麼都不知道……結果老闆的兒子很大聲抗議說，她喜歡的人又不是我！」默默聽著，腦海裡出現的景象竟是 Lalauya 霜冷氤氳蛻換的楓顏，蒼艾、赤黃、緅紅、嫣紫、赭紅、緋紅——枯癟的病黃和瘀血的慘紫底，和他靜靜走過樹下的身影。

還有那朵夾在扉頁中的乾了枯了鏽了的天人菊。

回到最初戀棧的地方，赫然發現那株春雨落瓣的櫻花樹已消杳無蹤，他們開了一條水泥路通往部落上方的派出所。昔日村童在櫻花樹下戲耍的記憶也隨之連根拔除了。

鄉公所的人說，開路的經費已經撥下來了，如果不把錢用在開路，那麼這筆經費就不知道要怎麼使用了。於是他們把大筆公帑不用在窘迫的山地醫療及教育資源，而實施毫無價值的「都市鄉村計畫」，將柏油路大剌剌地從阿里山公路切進部落來，美其促進地方繁榮之名，行其觀光侵略之實。

而在怪手翻山搗路的滿目瘡痍之中，及賀伯颱風造成村落人家門前崩塌迸裂的地表之間，關於我記憶中的櫻花樹、曾經爛漫山野的楓紅及樹下兩人若即若離的連一句喜歡都不曾說出口的暗戀的身影，都只剩，斑駁底迷離幻夢的殘影。

不記得是在城市與鄉鎮、山海與阡陌之間流轉了幾回，突然收到一封山上來的信，信裡簡簡單單寫了兩行字：

不要再等，
心門已鎖。

Piyaw ina（比躍媽媽），我的。

這晚的月色配螃蟹。

回鄉的 faki（阿美族叔舅伯父的稱謂）大聲說著笑話。第一次坐飛機便遇到不明原因的爆炸，以為是中共的飛彈打過來，嗆煙中忽然驚覺自己還活著，趕快拿起行李跑出去——faki 說他跑第三名，航空公司每人發兩百元表示歉意。

faki 回到親戚家休息，他的妻從基隆趕到花蓮，一踏進門看見 faki 躺在地上眼睛沒有張開，旋即跪下地抱著他的身體大哭——在睡覺，其實。他說地板比較涼。

faki 又說到第一次到大飯店吃飯，還跟日本人一起，飯菜才上桌不久，忽然天空掉下一物，發出巨大聲響，坐在窗邊的 faki 以為天空有鳥掉下來，轉頭一看，是一個人，男的，就落在他旁邊的窗外……。

然後，又說了很多笑話消遣她女兒的前男友，諸如坐在塑膠椅上雙腳還會晃來晃去踩不到地，太短；嘲笑在場的阿姨，養的雞找不到腿，跟她一樣矮……我的 ina（阿美族語，「媽媽」之意。部落是整個家的概念，對於阿姨輩的女性，晚輩多尊稱其為 ina）的女兒，還開玩笑說 ina 怎麼不坐復興航空，反正都是要死，不然現在我們就坐在這裡數錢了——那一年臺灣最大的災難是復興航空空難，而那一年我在海邊部落的家，最大的災難是我的 Piyaw ina 突然腦血管破裂倒地，被天主接走了。

翌日，返鄉的人都回去了，部落又恢復安靜，只有笑話和海上的月光，留在喧囂後的寂靜裡。

其實常常想到，我的 Piyaw ina，Piyaw ina 總是雙手交疊在背後慢慢踱步，笑起來額頭上深深的皺紋像一棵樹，ina 一直有忙不完的農事，天雨後撿蝸牛、飛魚季時摘月桃葉烤飛魚，麵包樹生出 facidol（麵包果）採下成熟的 facidol，就坐在院子裡，費工的處理比鳳梨還硬比蜂蜜還黏的 facidol；kalitang（樹豆）熟成時，一簍一簍的 kalitang 攤在地上，ina 和九十歲的 mamu（阿美族語，老人家的尊稱），就坐在塑膠椅上一整日一整日手不停的剝揀 kalitang。

mamu 喜歡吃山產海味，有時會搭公車到長濱買一些回來，有時有人會騎摩托車來兜售，常常，就看到 Piyaw ina 在戶外的廚房處理各種螺類、青蛙、飛鼠，還有其他……我的很多第一次粗獷的味蕾開啟，都是在 Piyaw ina 的餐桌上，吃完整個喉嚨都是金屬味的飛鼠大便，可能有毒的水母（「可能有毒」是ina說的），青蛙的腿（這個聽說可以ㄓˋ癌，ina說。我不敢嘗試整隻青蛙，聽說腿肉像魚肉，所以只嘗試了腿肉，真的像魚肉那樣嫩），還有鐘螺和其他數不清的螺類（還要用小鐵鎚敲開），還有鹿橋、現刈的藤心（ina像削甘蔗那樣處理樹皮上的銳刺，動作很俐落，但實際是很麻煩的），還有五節芒心和野菜湯（湯裡還有兔兒菜的黃色小花）……。

記得Piyaw ina拿著從火災現場搶救回來的缺了角的黑白照片，Piyaw ina和其他部落的女孩加入文化歌舞表演團工作隊到日本表演的照片，日本男生就在飯店窗戶底下為她們唱歌，喚他喜歡的Amis（阿美族）女生的名字。為什麼不學其他姊妹就嫁到日本去？

「不敢吧！」Piyaw ina說，「還是想回來部落，不想離開，也不知道為什麼？」

照片裡的Piyaw ina穿著歌舞團的制服，合身的上衣及迷你短裙，仍顯稚嫩青澀，才十多歲。

「領班很凶，很會罵人還會打人，跳不好的話，打小腿比較多，」Piyaw ina 說，「很多人都偷跑回來。」

記得第一次在 Piyaw ina 的廚房叫 ina 教我 Amis 的跳舞，自詡很有舞蹈細胞身體柔軟的我腳都打結，旁邊看的人直搖頭，Piyaw ina 的手腳都比妳輕柔靈活，那是跳了一輩子舞的記憶。

在我搬到海邊的部落第五年，Piyaw ina 帶我找了幾個師傅做我的傳統服，後來還是請部落的 ina 幫我先做了裙子、圍兜裙，打算明年再做頭飾、上衣和綁腿，一次整套做要好幾萬，太貴了，捨不得。Piyaw ina 又送了我情人袋，家裡好幾個，都是 mamu 年輕時手作的。

「明年一定要來 ilisin（豐年祭）hakhai（跳舞）。」Piyaw ina 又再一次叮嚀，慎重的，在教我如何穿綁三層裙子時。躲了五年，這當中只去過一次，其他時間不是因為工作就是有各種理由，其實

右／飛鼠大便。2013年。

下／用月桃莖烤飛魚。2013年。

是我的矛盾，我的說不出的緣由——答應 Piyaw ina，明年一定穿戴這身裙子和情人袋參加 ilisin（豐年祭），也是下定決心的慎重。

這一年，聖誕節還沒到，我回了高雄一趟，再返部落那晚夜很深了，其實有注意到 Piyaw ina 的廚房外，不尋常的聚集了一群人，都是親戚，安靜的坐著，很小聲的說話。我太累了，開了好幾個小時的車，隔日一大早又要開一個半小時去大學上課，當時只想休息。

隔日清晨，才發動車子，我的房東 Panay ina 走到車窗旁對急著出門的我說：「妳還不知道哦？昨天早上，Piyaw 在家裡突然昏倒，撞到頭，送去醫院，說是中風，現在還在醫院。」

腦袋突然好像有千軍萬馬在迴旋拉扯，Piyaw ina 有高血壓？不曾聽說！Piyaw ina 有六十五歲了嗎？其實是還很年輕很有活力的阿嬤，她照顧的兩個孫子要怎麼辦？救回來要復建多久？……心揪著千頭萬緒，告訴自己，下午上完課先回來一趟，再走山線去看 ina，沒事的，沒事的。

中午趕回海邊，Piyaw ina 的姪女，對我張開手臂，紅著雙眼，一句話還沒說完整，我已哭到腿軟，當她抱住我之後。

救護車從長濱到白桑安，十公里路，半小時還開不到，聽說，車故障了，又轉從玉里叫救護車，等了兩個小時，送到醫院，早已錯過黃金急救時間。

Piyaw ina 三個兒女，沒有半點抱怨，決定讓 ina 好走，放棄急救。

聽說，沒人知道她有高血壓，也不知道桌上一堆雜物底下，壓著她從診所帶回的幾乎不吃的西藥。聽說，跟她一起去看病，同樣也有高血壓的好朋友，在幾天前還被 Piyaw ina 笑罵：「還在吃藥喔？我都不吃。」

常常看著 Piyaw ina 空著的房子，後院愈來愈長的野草，總是遺憾，好像身體裡面有一塊空掉了。我一直在回想，跟 Piyaw ina 說的最後一句話。Piyaw ina 在火爐前添入柴火，一邊摘下老掉的 samah（妹仔菜），一邊說：「可惜了，來不及吃，都老了，嫩的還可以餵雞吃。」

Piyaw ina 又叫我多拿一點油菜。「只煮這一餐了，明天上完課就直接去高雄，」我說，「要回去好幾天。」

當 Piyaw ina 的臉化成驚愕的蠟像，穿過奔湧的淚，看著 ina，明天是否就會醒來了，我那時想。

＊　＊　＊

剛搬來海邊的那年，度過的第一個聖誕節，我跟著大家一起報佳音，那也是我的第一次報佳音。隔日，幾個年輕人在大鍋底升柴火煮豬肉，ina 坐在柴火薰開的白白的煙霧裡，喊著：「妳姓洪嘛！就叫妳 Hongay 好了。」

現在，喚我 Hongay 的聲音裡，不會再有 Piyaw ina 笑起來額

處理月桃莖的Piyaw ina。
2013年。

頭上深深的皺紋像一棵樹的臉孔。不曾聽她唱歌跳舞的九十歲的mamu——Piyaw ina的媽媽，有一度她忘記了很多人，不認得那些很熟悉卻不常見的臉孔，但她從不曾認錯我。常常，看到她在空蕩蕩的廚房，踉踉蹌蹌地緩慢移動，哀哀從喉嚨深處牽魂般吐著不成曲的悲調，斷斷續續的，如同她的記憶。常常，看到mamu一個人坐在塑膠椅上，從日光自太平洋射出到影子被拉得老長，姿勢恍若一尊雕像沒變換過——我總想，也許活著才是更大的折磨。

慢慢煮一鍋花椰菜

搬來這飄著海浪鹹味的部落已經五年了，我很喜歡開一段拌浪花煮海風的太陽路，來去有著各式口音的熱鬧村落買幾把野菜。每日的地攤擺著清晨剛採的，一把二十塊，等你來，教你 Amis（阿美族）的語言，同時。很多時候，還有瓶瓶罐罐裡的醃生豬肉和飛鼠大便。

角落，是那十八歲就嫁來太平洋彼岸的達悟 ina（媽媽，阿姨之意），桌上賣的是她每日黃昏到海邊撿來的海菜和海螺，她總是手舞足蹈用唱歌代替說話。

她的對面，小小的魚攤，都是前一日討海人下海捕的新鮮漁獲，不會煎魚，我，只會買兩條鮮魚回家煮湯，或清蒸。

再往南邊走，雜貨店前，一排坐在遮棚下的 mamu（阿美族語：老人家），一邊和賣菜的 fai（阿美族語：阿姨）喝酒，一邊說笑等公車，有時，太陽從地面蒸發得很熱，mamu 還是安靜地等著。

海季剛過，修車行在門口擺張摺疊桌，一把野菜，幾包月桃葉燻的烤飛魚，漫不經心等待有人來買。

而我一定會再走去北邊一點，那間水果行，跟那說話輕聲細語，長得很白淨的「白浪」（漢人）老闆娘買一袋蘋果，有時也會再買點葡萄或奇異果。三年前，她才剛又生了一個男寶寶。可是，去年，她的丈夫去釣魚，為了救落海的同伴，再也沒有回來——

走進巷子裡，還有奉獻給臺灣五十多年後來因腳底按摩而紅遍兩岸三地的瑞士來的吳若石神父服事的天主教堂，還有教堂裡的茄苳老樹，一年四季都維持同一溫度的地下水……。

這個看似安靜卻點綴著熱鬧的老街上，每天的節奏如太平洋的呼吸，規律卻帶著令人想閒蹓步，細細探索的波動。

＊ ＊ ＊

美麗的早晨。買了一把紫背草、一把野莧和一把 samah（阿美語：野生的妹仔菜），蹲在路邊和賣菜阿嬤聊天。

六十多歲的阿桑，操著廣東腔的的中文，偶爾夾雜著怪腔調的臺語，跟我解釋紫背草炒蛋對小孩很好，samah 可以治腰痛、治……很難從她濃重的口音裡拼湊完整的訊息，老實說。

二十多年前阿桑的丈夫去中國讓人說媒把素未謀面的她娶回臺灣。很多年了，伊每天在這小鄉鎮的老街上賣自己種的菜。

隔壁攤雙手刺青，紋了深眉，穿著無袖背心的阿姨，也一邊夾雜阿美族語、中文和臺語，加入談話——

「fai，妳不是Amis哦？」我說。看著她黝黑而略為平板的輪廓。

「不是，但我以前去臺北的時候，臺北的朋友都會說：『番婆來了！』」

不知何時，一個滿頭白髮的嬤姆（mamu）也坐到身旁來，用Amis的話和刺青的阿姨聊開來，忽然，嬤姆（mamu）對著我說：「頭髮白了，連下面也會變白白的，妳以後就知道。」

喜歡和老人家的說話，跟我愛吃的野菜一樣，不經修飾的粗獷味。

＊　＊　＊

電話響了，是馬路對面的嬤姆叫我去拿一包「hakhak」（糯米）。

聲音洪亮地在馬路那頭喊我阿美族的名字，坐在矮凳上，她。腳邊放著一個透明的塑膠罐，本來是裝零食的，現在裡面是清澈的山泉水。嬤姆手上握著三只紙碗，壓得有些皺了，她要我進屋拿糯米，一邊用蹩腳的中文叮嚀我，下次不要把紙碗壓得扁扁，這個我去活動中心吃飯很好用啊，一個裝飯，一個裝湯，一個還可以裝菜……看，這個也是妳的——她拿起腳邊的塑膠罐喝了一口水。

嬤姆問我會不會做「hakhak」（糯米飯），我說不會。哎呀！她輕罵了一聲「馬阿爸（阿美族語：笨蛋）」。

我們相視，大笑。

陽光灑得大地一片花白，和嬤姆銀亮的髮絲，手底透明渾圓的糯米，一起融進這夏豔般的秋畫裡了。

* * *

嬤姆今年七十七歲，一個人住在屋頂白似雪的矮房，三個小孩都在外地成家、工作，她不想麻煩小孩，獨自留在部落拾荒維生。

每次看到她坐在屋簷下，總是同一種姿勢，坐在有靠背的塑膠

住在這飄著海浪鹹味的部落，我很喜歡走在拌浪花煮海風的太陽路上，享受太平洋的慵懶。

椅上，低頭彎腰用她十指布滿泥土汙漬的雙手往地上揀豆子，不同季節揀不同的豆子，或是整理回收資源，或是吃飯，飯菜就擺在地上，彎腰夾菜吃飯。

嬤姆的屋子很簡單，但棉被和其他雜物堆得滿屋子，沒什麼空間走路，而那本放在客廳藤椅上的阿美族語的聖經，總是特別醒目。一個夏日黃昏，空氣裡飄著檳榔混摻著海浪的氣味，我捧著一箱回收的資源放到嬤姆的門外，卻見嬤姆端坐在前門斜對著的後門邊，穿了一件花布裙，上半身裸著，充滿皺褶的皮膚像一件衣服搭在身上，嬤姆膝上捧放著那本阿美族語聖經，她低著頭禱告，夕陽要落到海岸山脈的另一邊了，微光映成充滿錯覺的永恆，把嬤姆鑲嵌進中古世紀的畫框裡。

一日正午，吃過飯，在部落 romarkat，ilalan to kaku（走路。在路上。一個人），經過嬤姆的家，看見後院有炊煙升起，便移步轉進嬤姆的後院，嬤姆在紅磚堆起的爐灶前，慢慢的添加柴火，焦黑的湯鍋裡溫溫地煮著熱水，嬤姆轉頭看見我。

「malaho（吃午飯了嗎）？」我問。

「awa（沒有），慢慢來，一個人。」嬤姆說完又拿起腳邊的一根木頭放進火堆裡。

「李金蓮，有沒有？」

「還沒有，還在臺北，沒有回來。」

嬤姆是在問我隔壁的Piyaw ina，我的乾媽，帶孫子去北部女兒家快一個月了，還沒回來。嬤姆的中文不好，跟我說話總是夾雜中文、阿美族語和日文，而我的日文和阿美語的程度都如一、兩歲的孩子牙牙學語般的階段，所以我們倆的對話有如斷簡殘篇，我卻總能理解嬤姆的意思，也是很魔幻的對話與理解。

嬤姆轉向另一邊，她的前面是一只白色水桶，左手邊有一個藍色塑膠臉盆，裡面是切成一塊塊小小的白色花椰菜，嬤姆用水瓢從水桶裡舀了一瓢又一瓢的水到臉盆裡，慢慢地搓洗臉盆裡的花椰菜，然後再用水瓢更慢速的動作舀掉臉盆裡的黑黑髒髒的從花椰菜淘洗出的東西，然後再重複動作，從水桶裡舀出一瓢又一瓢的水到臉盆裡，慢慢地搓洗臉盆裡的花椰菜，然後再用水瓢更慢速的動作舀掉臉盆裡黑黑髒髒的從花椰菜淘洗出的東西——安安靜靜的，我蹲在嬤姆旁邊，看著嬤姆詩一般的動作，看痴了過去。

柴火劈啪聲偶爾與樹梢的鳥鳴呼應須臾，潮起潮落的拍岸聲穿過木麻黃林，規律的，連裊裊炊煙都配合嬤姆雙手的節奏，慢慢煮一鍋花椰菜。

「水滾了嗎？」蹲在地上的我，聲音好像從另一個空間傳來。

「沒關係，慢慢來。」嬤姆仍舊彎腰低頭，慢慢洗她的花椰菜。

＊　＊　＊

上／小攤子上整整齊齊擺著各式海味野味，是我的最愛。2015年。

下／長濱街上等待坐公車和賣菜的人。2014年。

小攤子上整整齊齊擺著各式海味野味。

海葡萄，像真柏的葉子。老闆說他一年才採一次，在海邊。

包裹在姑婆芋裡的刺楤，還有醃了一星期的高粱、檸檬、辣椒、蒜以及醬油的嘎浪 kalang（螃蟹）。我拿到最後一包林投心，沒搶到的穿著臺灣加油的背心的阿桑，熱心教我先燙過，再炒蒜或煮湯，都好吃。

攤子上還有很多醃在罐子裡的各種螺類，攤後一群被保力達薰透的 fai 和 faki（阿美族語：阿姨和叔叔）七嘴八舌教我怎麼吃嘎浪，如何煮刺楤，聲音喧囂。

一趟市區小街的驚喜，買了半斤 kalang（螃蟹）給愛吃海味的九十歲的 mamu，也陪她吃，我的第一次，這 kalang 味道有些複雜。

回到家才發現，哎呀！忘了買一包海葡萄。

翌日，怕搶不到演唱會的票那樣的心急，衝去街上，攤子還在，買了一包海葡萄，直接吃，味道酸酸甜甜的，真有水果的質感。

＊　＊　＊

部落裡住著一個日本阿嬤。這天她在 Piyaw ina 的廚房，眾人的祝福中，我握著阿嬤的手切開她八十七歲的生日蛋糕。Piyaw ina 的女兒說，ina 在的時候，都是她幫日本阿嬤過生日的。

日本阿嬤六十五歲隨阿美族丈夫回（來）到白桑安，一個純 Amis 的部落，即使不會講阿美語，也把異鄉當故鄉。

日本阿嬤除了日語，不會說其他的語言，部落的老人家都會說日語，她也沒有學習新語言的必要與動力。即使她的第一任丈夫和後來的情人都過世了，一個人在部落，她還是繼續說她的日本話。日本阿嬤的家有一架鋼琴，但從來沒奏出琴聲，整個部落沒人會彈鋼琴，包括她自己。書架上有幾本文學書，包括川端康成、夏目漱石，

右／包裹在姑婆芋葉裡的刺楤，佐香料。

左／在小攤上，我買到最後一包林投心，沒搶到的穿著臺灣加油的背心的阿桑，熱心教我先燙過，再炒蒜或煮湯，都好吃。2015年。

醃了一星期的高粱、檸檬、辣椒、蒜和醬油的kalang（螃蟹）。

年輕時候讀的，日本阿嬤說。她只看日本臺，最常說話的對象是她平日餵食的野貓。

每次在部落走路，遠遠看見她，我總要再複習一遍到底是該說おはようございます（早安）、こんにちは（午安），還是こんばんは（黃昏好，晚安），因為我老是搞錯講錯。每次等她比手畫腳講完一串日文，我總是邊聽邊點頭，最後還是以私は知りません（我不知道，聽不懂）結束——剛搬來部落時，她還以為我是外籍新娘，因為我不會說Amis的話，也不會說日本話。

最記得她一次經過家門口，看到我在客廳隨音樂起舞，她透著紗門往裡探，口裡直說：「きれい、きれい（漂亮）。」

過沒幾日，月光下走路從日本阿嬤家經過，看到她跟著電視螢幕裡的日本歌手環胸擺手，翩翩起舞。

六年來，唯一的一次，之後再也不曾看過。

那是米蘭昆德拉說的，時間之外，我在一個超過八十五歲的女性軀殼底，照見十八歲初戀少女的嬌羞，在日本阿嬤跳的那支舞的身體。

＊　＊　＊

只是吃一碗碗粿。早餐。在太平洋岸的小村落。

只是買了一百塊的芭樂。

店家阿嬤問我，「一碗會飽嗎？」

「只是早餐。」我說。已經十一點多了。

阿嬤和他的家人馬上邀我一起吃中飯，熱情非常的。

我坐了下來，滿桌的菜，tatokem（龍葵）、膽肝、鴨肉、土雞湯和昨天現捕的白帶魚。

店家阿公八十五歲，阿嬤八十，阿嬤大姊八十四，屏東來的歐里桑兩個加起來超過一百歲，他們在屏東是玩海的，一個騎水上摩托車，一個開船，上個月才騎單車環島。

阿嬤上個禮拜才剛開始賣碗粿，今天是我吃到的第一碗，在這條老街來回走了五年的第一碗。

這個小島，有這樣的陽光，這樣的人情，這樣的不老族群，這樣的返札來 fancalay（阿美族語：美好之意）——我，住在這裡，太平洋岸的小村落。

第二部

田野印跡

風城記顏

蒼顏

那原是一個天氣晴朗的午後，她五十歲的女兒挽著眼盲的她，出門去晒晒暖暖的冬陽。一腳還沒跨出門檻，一個踉蹌，八十歲佝僂單薄的身軀，便跌到地上，那一摔，碎裂了髖骨。至今，整整一個月，仍無法站立，連大小便都無法自己來，原本因白內障造成失明的她，除了年老力衰，雙腳猶能行走，這一回身子骨重創，照顧她老人家吃、喝、拉、撒、睡，便成了女兒生活的全部。

第一次看到她，是在她幽暗的房內，剛由女兒服侍完大小便後落在床沿上，女兒平淡向我們述說母親受傷的經過，卻見她那滿布霜痕的臉，逐漸扭曲，用盡力氣從喉嚨深處迸出斷斷續續淒厲瘖啞的哀訴——

女兒旋即喝止了她，這般的哭訴，是比吃喝拉撒還要頻繁的習慣。而我的情緒卻久久不能從那戛然而止的哀音中釋放出來。

醫生診斷她有老年痴呆症，從此便與外界斷了交通，終日只能囈語，字句也無法說完整。

在訪問她女兒的一個多小時裡，只見她坐在角落不時點頭、擺手，依循同樣的節奏。然後又以淒苦瘖啞的悲調，斷句殘字地哀吟出她受病痛折磨的半生，淚水爬過歲月深鏤的皺紋。

在她莽黑不能行的世界裡，是否只剩怨恨撕扯的渾沌記憶？

當我走近她，用她也許早已遺忘的語言，告訴她要幫她量血壓時，她緩緩伸出乾癟的手掌，仔細地辨識我這雙陌生的手，然後沒有任何抗拒地讓我為她縛上血壓布，未乾的淚痕殘留在眼角，臉部神經雖仍抑不住地扯動，她卻不再發出任何聲音。當血壓計的水銀落在一百三十六汞柱高，聽到第一音時，我心裡想，這個數字對她而言，也許根本不重要了。

半生

三十三歲那年，臺灣初光復，生活艱難，她和先生打了幾包米坐火車到臺北去賣，回程時，到「竹南站」下車，火車入站尚未停穩，她站在出口處，竟被身後欲下車的乘客不小心給擠下了火車，跌落在車廂與月臺的間隙，先生和其他乘客，合力將她拉出，只見雙腳

新竹香山車站。
1994年。

皮開肉綻，趕忙送至附近的醫院急救。

醫生說，除了鋸掉雙腿，別無他法。從未遇過這等災難，鄉下人對醫療也完全無知，當時先生真是亂了方寸，便全權讓醫師處置。於是右腳全部截斷，左腳鋸斷了小腿，而那離開身體的斷肢，便叫人提去山上深深地埋了。等於失去雙腿的她，因為自卑，而不喜歡出門，成日窩在幽暗的床榻上，度過寂寥半生。

整整五十年的流金歲月，從年輕壯盛到白髮蒼蒼。那雙原可行走天涯的腳，竟葬送在醫術不精的醫生手中！

輕聲問她：「會艱苦嗎？」

她幽怨地說：「夭壽哦！腳骨攏鋸斷去。」

一切的罪愆過失都歸於一個「命」字——她說。

後記

在新竹市香山區做「國民營養變遷狀況田野調查」的三個星期，印象深刻的不是那平凡百姓手中輕易吹燒而成的七彩玻璃藝品，也不是家戶拒訪的臉孔，而是那些飽受病痛折磨受苦的生命。今將這些容顏記錄下來，是為她們記錄那段滄桑的歲月，也是向她們及所有在生活中掙扎，病痛中折磨的生命致敬。

桃源記

八十三年十月十一日

從高雄一路長途跋涉行經「甲仙」、「寶來」，山蹤澗影在流速間交錯顛躓，終於來到了桃源鄉，訪問集區是布農族的部落，它有個美麗的名字——桃源鄉樟山村梅蘭巷。

因為租不到民房，只能在村中唯一供人渡假的小木屋落腳，屋主楊家亦是此地僅有的平地人，他們經營的雜貨店，更是此地民生用品最大供應站，包括瓦斯桶、汽油、生日蛋糕、各項民生用品、五金、文具……他們都有得賣。

田野調查工作做了一年多，頭一回得跟男同事同房而寢，因為租金昂貴，只好四女一男全擠在一間套房裡，並且用猜拳方式決定誰睡男生旁邊的床位，三天換一次。

八十三年十月十四日

聽到他們只種玉米、敏豆、李子、梅子和極少極少的檳榔時，有些難過，因為除了這些，其他利潤高的農作物他們不會種。

到國小拜訪校長，不遇，卻看見男老師縱聲謾罵小學生的潑悍相，聽小朋友們說，他們老師還會用糾察棍打人，甚至抓人掄牆——不知是真是假。

和同事小余提到昨晚那個布農男子又誤認我是小學老師。叨叨絮絮和我說了半天，偏遠山區師資窳劣，教學散漫，讓原住民小孩無法打好基礎，上了國中、高中，便無法與平地小孩爭長短，於是草草完成學業，返回山上工作，即使留在都市裡，也多是勞工階級的身分。

當舊部落體制被文明、經濟逐漸侵入潰散之際，這裡的布農人似乎只能任憑貧窮、天災、閉鎖……逐漸瓦解先勇的傳承。

小余認真地鼓勵我，上山來吧！山上的小孩需要我這樣的熱誠。雖然心中意念十分篤定，但要擠進僵化的教育體制內，似乎很難。

八十三年十月十五日

王智仁和他十二歲的哥哥在學校門口等待郵差。這裡沒有郵筒，只有用半路攔截的方式取得信件，我們邊訪問他們邊等郵差，一個小時過去了，仍未見郵差的身影，於是決定回家。

他們住在樟山村一鄰，從戶籍資料得知，他們家有五個男孩，七歲至十二歲，是我們急需訪問的年齡層，遂決定同他們一道回去。

經過陡斜下陂的石子路，在看得見溪流湍急的轉彎處，有兩條岔路，我選擇看似穩固的水泥橋，而王智仁他們卻將那輛老舊的領導五十騎上橋端寫著「危險」兩個大字的「阿其巴吊橋」。

過了水泥橋，尚得再往上爬一段陡峭的砂石路，方抵達一鄰十八號。

王智仁叫醒熟睡的哥哥，三坪不到的客廳，頓時變得擁擠，我們移至門外，面對藹藹蓊林進行訪問。

王家的五兄弟，五官深邃的輪廓，宛如上帝完美的雕工，言談舉止中，自然流露一股原住民特有的自信與不羈的氣質。

而他們這種年紀用流利的布農語交談，更是在其他原住民部落鮮見的。

樟山一鄰僅有四戶，前不著村後不著店，夜晚沒有路燈，「阿其巴橋」是唯一通往文明的路。這四戶像是遺落在山野間的星子，蠻荒僻地，遺世獨立。我好奇地問十六歲的王智輝，究竟是什麼樣的信仰，讓他們在慘綠的年紀放棄都市繁華多樣的生活，而寧願回來固守這塊蠻荒的疆土？他靦腆地告訴我是不習慣都市的生活吧！山腳下的空氣太髒、天氣太熱、工作不適應……，所以寧願留在這片山林之中，至少擁有自己的土地。

八十三年十月十六日

為了「捕捉」十三歲至十七歲出外念書的小孩，集中在星期六、

一個人背著血壓計，帶著問卷及贈品，走過殘破的吊橋。1994年。

星期天這兩日訪問，又破紀錄，兩天來共訪了六十八人。

昨天訪問到晚上十一點，今早八點便出去訪問，中午連休息都捨不得，好些個學生在下午三點半以前要搭車回六龜、寶來。我們都在跟時間賽跑，見了人便瘋狂地問。

這些國中生、高中生，多半體型矮胖，所吃的食物卻少得驚人，三餐不正常之外，牛奶他們是幾乎不喝的，豆類製品山上不易採買，也很少吃。問到有關飲食營養概念的問題時，他們所知又是異常地貧乏，年老的人只希望政府金錢補助、給藥治病。

八十三年十月十七日

每天過了放學時間，活動中心便不得安寧。

謝明忠又像隻潑猴在沒有玻璃的窗戶跳進跳出，塑膠製的溜滑梯，被幾個小孩當足球踢來踢去，外面的鞦韆被盪得嘎吱嘎吱響，不知是誰沒搶到翹翹板又在嚎啕大哭。

拎了車鑰匙，離開沸沸揚揚的活動中心，背後又是一陣「老ㄙ」、「長頸鹿」的呼喚聲，肯定是高俊勇——他那漏氣的中文老是不會發「ㄕ」的音和那酷似菲律賓小孩的謝永福兄弟倆，又來纏著要求「我要ㄑㄧˋ、我要ㄑㄧˋ」，於是這輛衰老的翔鶴五十當場又成了公共摩托車，先載一批小鬼兜一圈，再換另一批小鬼上車。確定沒有遺珠之憾，他們才肯回去繼續原來的遊戲。

不想再當公車司機，只好棄車走路，卻見大眼妹和江志憲以跑百米的速度向我衝來，像抱大樹一樣死抱著我的大腿，高聲狂叫「我愛妳！」驚魂甫定，高培軍又嘶吼著排開眾聲浪，秀出他掌心那隻巨大而令人噁心的毛毛蟲，還直拉我去看他養的那隻拔掉毒牙的蛇。

直到黑夜與白日完成換幕的程序，活動中心才又恢復平靜。

而我仍然不知究竟是誰替我取了「長頸鹿」這個綽號。

八十三年十月十八日

不知是誰跟教會的馬牧師胡謅我們住在活動中心。昨晚教會的馬牧師來看我們，看到活動中心環堵蕭然、不蔽風日，日光燈管猶明明滅滅，於是誠懇地邀請我們住進教會——這真是天大的恩賜。

於是今天，我們火速將所有物件從昂貴的小木屋移至教會，頓時安靜許多，空間也寬敞了許多。

現在我擁有比昨日以前大三倍的床位，兩個甚至更多個個人書桌，可以面對青山寫字。而那些集天使與惡魔於一身的布農小孩，儘管再無孔不入，也只能止步於樓梯口，與我們遙遙相望，無奈地喊著我們的名。

翻越崇山峻嶺，穿過重重樹林。1994年。

心中真有說不出的否極泰來的喜悅，連作夢都想狂笑呢！

八十三年十月廿二日

一個人背著血壓計和問卷將車丟在一鄰十八號，徒步穿過重重樹林，去訪一鄰最邊緣的那戶化外之民。

週末的午後，小孩們在大樹上嬉戲，白鵝跳進臉盆裡泡水，母親在廚房裡呼喚小孩的聲調像唱山歌。

要訪問的小孩不在，只好另約時間。往回走經過隔壁那戶四間木板鐵皮屋連成口字型的人家，便顯得冷清而缺乏人氣。幽暗的廚房，四壁翛翛索然，似乎除了一只老舊的電鍋及退了漆的冰箱之外，沒有其他的家具了。門外斑駁的牆上，大剌剌地寫著：

阿芳：

上山去，記得放水，明天晚上才回來。

爸留

那兩行字，暴露在熾烈的陽光底下，特別寂寞。

走出來，遠遠看見一個奔跑的背影，喚了「江之芳」三個字，那背影有些驚愕地回頭，告訴他明天要體檢的事，點點頭便跑走了，望著他的背影，整座山突然就只剩一個十二歲的男孩奔跑的回聲……

我想起另一個布農小女孩說的話：「阿芳很喜歡畫畫，在他很小的時候，他媽媽就離家出走了，以前他每天蹲在門口等他媽媽回來，可是他媽媽都沒有回來……」

八十三年十月廿四日

在這種物資極為匱乏的地方，總特別想吃罐頭以外熱騰騰的小吃。所以，每天接近午餐及晚炊時分，總是把它當成一天大事般去注意那臺播放〈美酒加咖啡〉的菜車來了沒有？好幾次聽到播放〈太湖船〉、〈意難忘〉、〈綠島小夜曲〉……歌曲的車子來了，旋即丟下手邊的工作飛奔而去，待聞聲趕上時，才發現追的是垃圾車。

後來才弄清楚，〈美酒加咖啡〉是菜車僅有的招牌歌，日復一日地播放，連四歲小孩都會唱了。

八十三年十月廿六日

每逢星期三都有佛光山的醫師來此義診，除此之外，樟山村並

我和我的布農小朋友。
1994年。

沒有其他醫療資源，衛生所遠在二十分鐘車程以外的桃源村，而小學裡也沒有保健室，要找間像樣點的醫院，還得開一個半小時的車到旗山去。

無怪乎謝意倫在單親扶養，又姐弟眾多的家庭中，角膜炎感染了三、四個月，卻一點也不見好轉。

今早抱著一個自己請假來看病的二年級小男生，像他的家長般向醫生報告他感冒及皮膚潰瘍的病情，平日似脫韁野馬的他，今日卻像一隻溫馴的小綿羊依偎在我懷裡，餵他吃下一包藥，再拿糖替他去苦味，他眼底流露的那份信任，讓我原本只是單純的嚮往山居生活，如今更添一份使命感似的，想為自己和原住民小孩耕耘一塊屬於我們的夢土。

八十三年十月廿九日

夜裡，教堂傳來和諧悅耳的歌聲，來自那些平日不馴或矜持的布農國中、高中生。驀然有種看到希望的感動，不論他們虔誠、專注與否，教會是一股凝聚、約束的力量，不管走得多遠，都有一份責任馱負在他們肩上，他們必得時時回來。因此，布農族的社會結構不會輕易地被外來文明瓦解，他們的母語亦得以自然而普遍地傳承，只要再多一些文化覺醒、只要再多一些有心人……。

夜裡十一點十五分，鋁門上透進籃球場中暈黃的燈光，聽到籃球撞擊水泥地的聲音，慢慢地流利的布農語夾雜在傳球運球之間嘩然——晚睡早起，布農小孩永遠有充沛過人的精力。

八十三年十月卅一日

在梅蘭巷再做一次最後的流盼，匆匆收拾行囊，發動摩托車，一路上倔促地與梅蘭巷的布農小孩揮手道別，然後揚長而去。

峰迴路轉地趕路，十二點十五分抵達寶來分駐所，等待吊車來將所有的行李還有摩托車運至高雄，轉運到下一個訪問集區——澎湖。

十五噸的吊車，速度不是很快，兩個小時也抵達了高雄市區，空氣明顯地開始窒悶穢濁，車行至中山路及五福路的交岔路口時，冷不防眼瞳裡塞進那麼擁擠的人潮與車流，這顆在山野中放任慣了的心倏忽緊束起來。

而更叫我不耐的，是一路接踵而來的紅綠燈。

回到家，姐說我像高山上來的人，帶著兩頰風吹的酡顏，而且一路喊熱地開窗開門又開電扇。

走至陽臺，當視線穿過鐵窗，看到高雄市灰撲撲的天空，不禁悲傷起來，方一踏離那片桃花源，便已落入深深的想念。

後記

八十四年夏天，我毅然辭去中研究院田野調查的工作，焚膏繼晷地苦讀參加嘉義縣山區代課老師的考試，末了以極些微的差距落榜，後來聽山上的朋友說，開學時，當地的原住民小學竟有六個代課老師的缺沒人補。後來當然是補齊了，運用何種管道，也是可想而知的。

這個消息只是讓我更加確定在臺灣這個金錢糜爛之島生存，是不需要熱誠的。

雲的故鄉

在油菜花燦黃翻飛的二月天，田野調查隊來到了山水廓落、群樹與稻影交錯的花蓮。訪問集區是阿美族的聚落，其中夾雜著幾戶客家人。

因為檳榔業在東部歷久不衰，這一帶也出現了幾棟新落成的豪宅。而阿美族臉上深邃的輪廓，一個個像希臘神祇的雕像，一刀一刀都是匠心獨運，尤其是新生一代的年輕人，可惜的是在那一張張俊俏秀美的臉龐，看不到屬於青春的飛揚神采，年輕一輩和年老一代因為語言的隔閡而造成更嚴重的文化斷層。

沉默的臉譜

之一：

江小英，十四歲，清湯掛麵的短髮覆在秀逸的臉龐，父親是阿美族人，在她小學二年級那年因酒醉車禍而喪生，母親是漢人，於她三歲時即拋夫棄子，離家出走，不知去向。

江小英的姐姐就讀於臺南的藥專，還有一個弟弟念國中，她和祖父母同住，主要經濟來源由已婚從事開貨車的叔叔供給。

二十多坪大的房子，只點亮客廳這盞微暗的日光燈，泛黃的牆垣貼滿了姐姐的獎狀，江小英沒什麼生氣地簡潔地回答問卷的問題，整個幽暗的空間只聽到我們兩人細弱的問答聲。

「這個家經常是如此安靜的。」她說。

之二：

洪秋妹，四十二歲，先天性小兒麻痺，不過還好只是影響到顏面神經及肢體的平衡，走路尚不需要使用拐杖。

她拎著酒瓶走進走出，一方面要應付我的訪問，一方面要和鄰居們在門口酣飲，十分忙碌。我看著窄小的屋內人來人往，牆上那幀年輕的遺像還正對著我微笑呢！

洪秋妹早年喪夫，育有三子。平日生活就如同她臉上的笑容那樣簡單而扭曲。我們訪問的主要內容除了受訪對象二十四小時內的所有飲食之外，還有近三個月內的飲食習慣與項目，而洪秋妹除了菸、酒和檳榔之外，其他食物的攝取匱乏到令人心疼的地步。從昨天到現在的二十四小時之內，除了菸酒檳榔之外，她只吃了配酒的一點小菜。

之三：

又是單親家庭（這一帶，家中遺像特別多，且泰半是年輕面孔），母親是幾乎不懂其他語言的阿美族原住民，白白淨淨的，才四十多歲，育有二女一男，皆已上了國中、高中，卻仍不諳母語。這三個小孩不但對我們的訪問不太搭理，甚至連做我們和他們母親之間的橋樑皆不肯，整個家的氣氛靜默得十分怪異。而這位白淨的阿美族母親，並沒有飲酒、吃檳榔的習慣，她的世界因為兒女拒學母語，而她自己也欠缺動力學習其他語言造成與小孩之間的隔閡，更加寂寞。

沒有哀哭的喪禮

一場剛舉行的喪禮，在一場喪宴之後，族人、鄰友們尚未散去，皆聚集在門庭前，正前方由一人手執麥克風，向所有人介紹死者的親屬，執麥克風者是死者的弟弟。而被介紹到的人，一一起立答禮，面帶微笑，所有人亦帶笑意鼓掌，氣氛輕鬆，似乎聞不到悲哭的氣息——還有人醉倒在草叢裡。

另一場喪禮，亦是安靜地進行著。夜晚，眾人圍著團團篝火聊天，喪家門口還有人聚桌玩牌，不斷發出格格的笑聲。屋內掛了一塊白幡有點怵目驚心之外，其他便沒有更多的擺設顯示家有喪事。

受到這種氣氛的感染，我遂也毫無避諱地出入喪家數次，找人補遺問卷、問路……而面對我這個外來者的闖入，喪家親友沒有不悅的神情，反而熱心留我吃飯。

還有一次在山邊的小村落，看見一大群人聚集在屋角，牌局正興，笑聲四溢，廣場中央已擺好晚上喪宴的桌椅。依據前幾次的經驗，我便直接找來戶長詢問家戶資料，而問到他的妻子時，旁人即熱心幫忙回答：「到遠洋釣魚去了。」我一臉困惑，還愚蠢地追問一句：「什麼時候回來？」阿美族人爽朗的笑聲，便在我身旁炸了開來。

死者安詳，活著的人安樂。我在東部遇到的幾次原住民喪禮，他們在態度上的輕鬆，是漢民族要丟掉多少人情世故的包袱才能做到的豁達。哭，是因為恐懼「你死了，我怎麼辦？」哭，是怕人指責自己不孝。因為宗教的信仰，因為部落較為緊密的情感，所以用歌聲、笑聲代替哭聲來送別死者。直到現在我住到了純粹的阿美族部落裡，仍是喜歡這樣的喪禮。

後記

很多年前，因著行政院衛生署進行的「國民營養變遷狀況田野調查」工作，在臺灣二十幾個鄉鎮市作田野調查，那是我專科畢業後第一份正式且最有挑戰性也最具意義的工作，對我來說，一個二十出頭的生命，因為這樣的工作行旅而大大拓展了生命視野，也讓我確立了生命的目標。之後，離開了田野調查工作，我開始在臺灣各個角落一個人旅行。

多年以後，泛出記憶之海的都是那些與我短暫相逢的生命故事。

而，回頭檢視，事隔近二十年的記憶，那股年輕的悲天憫人的傻勁與熱情，記得的盡是殘破的生命故事，把他們寫下來，是因為有所感觸，也為了怕遺忘。而這些片段，只是一個涉世未深但充滿熱情的年輕女子一廂情願的觀察與記憶，並不能代表整個部落、整個族群的面貌與文化；而這些片段，透過書寫的回憶，那一張張流過生命底蘊而發酵的臉孔，竟有一種魔幻且真實的留存。希望感動讀者的，是一雙心靈的眼，殷勤的筆，去觀看身邊每天每天不斷發生的故事。

書寫，因為不想遺忘。

想念草莓的故鄉

室內溫度已降至十二度，冷風不斷從四面八方灌進來，整個空間天寒地凍，十點了，離開在村辦公室借用的臨時工作站，用溫度計測量了戶外溫度，攝氏九度！騎著摩托車穿過深黑的山路，空氣凍得手臉發麻，冷風似鋒刃一刀刀颳過厚厚的牛仔褲，難以忍受的刺痛。回到租賃的屋中，看到村幹事送來三袋棉被，感激得幾乎涕零，昨日，初來苗栗大湖的第一夜，身體縮在冷涼的睡袋中不停地打顫，半夜起來裹毛巾、穿外套，還把皮箱裡所有能蓋在身上的衣服都用盡了，仍舊抵擋不住那刺骨的冰寒，一直捱到天亮，幾乎沒闔眼。

我們四個女生擠在一坪不到的房間裡倒還好，幾個人挨在一起至少不那麼空曠，門窗也都完好。那唯一的男同事就委屈多了，他獨自睡在三樓，不僅睡覺的木板床滿目瘡痍，處處破洞，又沒有門和完整的牆壁可擋風，只好找來大塊木板隨便釘一釘，才勉強抵擋住沒有門牆遮蔽的寒傖，所以此時村幹事送來的棉被可真是雪中送炭呢！

田野調查隊到大湖這一站輪到我當「Leader」，「Leader」的任務除了留守工作站 check 和 coding 訪員訪問的問卷，及其他行政事務的統籌之外，更重要的是必須料理全隊的三餐。看同事們每日頂著冷冽寒風外出訪問，而我有幸不必在風裡來去，便希望能在菜色上盡量豐富、變化，偶爾煮些點心宵夜，為同事們補充熱量，因此我每日將菜單寫在紙上，依所列材料去採買，市場的阿桑看到我一副菜鳥樣，都還以為我是剛嫁到大湖來的媳婦呢！

不過，若是我真的嫁到大湖來，首要克服的是語言障礙，這一帶是非常純粹的客家村，媽媽對牙牙學語的小孩都說母語，小學生耳語交談的也是母語。到市場買菜，店家每次劈頭就問：「做嘛該？」我總要先愣一下，考慮是否要說中文——這真的是很白痴的遲疑，我除了說中文和閩南語之外，也不會其他的了。但每次被問：「做嘛該？」我還是會莫名其妙地愣一下，考慮要說什麼語言。

我每日會固定向一個短髮微鬈，笑起來像彌勒佛的客家阿桑買菜，因為她說她賣的菜大部分是自己種的，而且她總是笑容滿溢且有耐心地向我介紹當日有什麼新鮮菜，若是我沒煮過的菜，她還會很熱心地教我該放什麼佐料，用何種方式料理最好吃，等我付錢之後她又會順手抓把蔥或香菜放入我的袋中。

有一天，我正要開口詢問阿桑紅心地瓜的價錢時，隔壁攤子突

大湖農家一景。現在連鄉下也很少看到把衣服直接穿在竹竿上的景象了。1995年。

然傳來重物倒地的碰撞聲，我轉頭一看，一個七、八十歲的阿婆，雙手仍插在口袋裡，也沒說話，驀然筆直地倒下，後腦勺硬生生地撞到水泥地，我趕緊湊上前去將她扶起，周圍也迅速聚集了人群，客家話從四方轟來，我簡直是「鴨子聽雷」，沒一句聽得懂。賣菜阿桑去叫救護車了，我摸摸阿婆的脈搏，心跳急速，須臾從她緊閉的雙唇滲出一條淡紅的血絲，幸好大湖醫院近在咫尺，救護車旋即趕到把阿婆送去醫院。

原來這阿婆不是賣菜的，只是來找人聊天，賣菜阿桑說她時常這樣突然昏倒，我懷疑阿婆可能是有糖尿病，剛剛應該是胰島素休克。

翌日早晨，我照常去市場買菜，賣菜阿桑見了我就眉開眼笑，直說等我好久了，還不住地向旁邊的人解釋：「就是這個小姐，就是這個小姐啦！」原來昨日早上昏倒的那位阿婆的兒子特地到菜市場來向我致謝，卻沒等到我。而賣菜阿桑逢人就敘述一遍昨日的情形，不住地誇讚我。我想，那不過是舉手之勞，我根本也沒做什麼，竟讓他們看得如此慎重，反倒讓我不好意思了。於是，買完了菜，就特地繞去醫院探望那阿婆，她精神好多了，從門上的病歷卡得知阿婆確實有糖尿病，我馬上發揮所學——「膳食療養」，向阿婆的媳婦衛教一番，叮嚀媳婦幫阿婆準備方糖讓她隨身攜帶，一頭暈就趕緊塞一顆等等，才離開醫院。

我所遇到的大湖這一帶的客家人都是極為和善敦厚的人。麵包店的老闆會問我：「要不要袋？」我說不要，老闆就連聲不住地說謝謝和我道再見。雜貨店的老闆因為店裡的報紙賣完了，還特地回家拿存貨給我，讓我等了十分鐘，還直跟我抱歉。我不曾向他買過豬肉的豬肉攤老闆，只因我的一句話，隔日便為我保留了一大塊豬肝，還堅持不收我分文。甚至連醫院櫃臺的護士小姐，逢人都會親切地說一聲：「你好。」照相館的老闆，一聽到我是外地人，便主動要用摩托車載我流覽山水，可惜那時我已要離開這個人情味濃郁的地方。

一日難得嚴冬裡正午出暖陽，我意態悠閒地踩著槎枒綠葉篩下的日影往山裡走去，一輛載滿桶柑的小貨車突然在我身旁煞車，駕駛座的人探出頭來對著我說話，原來是認錯人了，他以為我是他鄰居的女兒。他問了我的來處和工作，便問我要不要吃柑？剛洗好的，而且堅持不要我買，推不卻盛情，拿了一個，他卻嫌我拿得太少，算一算工作站剛好有六個人，便又多拿了五個柑，各問了姓氏，互道再見。

我捧著柑，一直收不住洋溢嘴角的笑意，快步地走下山，看見路人衝著我笑，才想到剛剛一定是邊笑邊走下山的。

到了晚上，工作站的電話響了，原來是中午贈柑的陳先生，他說知道我們出外人的辛苦，特地送來一袋桶柑來。

離開大湖的時候，天氣開始回暖，其時正逢週日，草莓園也藍藍紫紫、花花綠綠地添了攜家帶眷前來採草莓的觀光客。而橋的那頭猶有農夫正噴灑著農藥，期待這一片嫩果能生成眼前入口的鮮紅飽滿又香洌的草莓。

雖然那一年，我在苗栗大湖度過我生命中最冷的一個冬天，但那濃郁的人情，卻如離別時破雲而出的暖陽，永遠留駐在心頭。

流離之鄉

陳老先生

推開一道紗門，入得陳義水老先生的家，熱氣直罩而下，桌上滿滿的胃藥、胃乳、止痛藥和其他藥包。陳老先生很歡迎我們，在不甚清楚我們的來意時，便很主動地取出戶口名簿來，接著說起他發瘋且失明的妻子，現在住到他「玉里」的女兒家了。因為她發起瘋來，六親不認，整個家翻天覆地，陳老先生年老力衰無力照顧，只好將她送走。

現在，她整日昏睡，連肉都快沒了，將死未死，醒轉來世界依然黑暗，神智仍舊混沌不清——六十八歲的生命，活著是大折磨。

陳老先生又說起他那滿身「刺龍刺鳳」的兒子，淚水忍不住奪眶而出，聲音也哽咽了——十幾歲時就不念書了，跑去做「宋江陣」，父母皆不知，他說要入贅人家，不替陳家傳宗接代了。現在被抓去當兵，退役後，也不知又將流落何處？這個家，他似是鐵了心不要了。

看著陳老先生凹陷的胃，費力地抽動，我也無語哽咽，「國民營養健康狀況變遷田野調查」對於陳老先生的生命毫無意義，更無任何助益，卻讓他老人家謝了又謝。

推開紗門，東部初夏的黃昏，怎透著幾許瑟颯！錯以為秋天來得太早。

宅腳嶼的老兵

當年的老兵，流落到澎湖這樣的蕞爾小島，回不了大陸老家，隱居於此，沒有親人，也沒有操相同口音的同鄉。娶了澎湖妻，老了妻逃或歿，只留幼子相依為命——這寒傖蒼涼的一生，要求他要有豁達開朗的生活態度，有些苛刻，尤其面對「調查」這兩個字，更像是觸及引爆點一樣叫人緊張、不安。

在澎湖進行田野調查，只要訪問到老兵，結局總是被轟出來，屢試不爽。

記憶最深的一回是，訪問湖北省退伍老兵十五歲的孤子——雷念祖。為了避免在他家被轟出來的尷尬，特地將念祖請至活動中心訪問。二十分鐘後，他六十八歲的老爹，身著一條四角內褲，右手還綁著三角巾，老遠跑來叫人了：「調查戶口也不用這麼久！我手斷

隘門斑駁的硓𥑮石牆。
1996年。

了也不能解決，家裡沒人煮飯，沒錢也不能解決……我們可是清清白白從大陸過來的——」怔怔地面對雷老先生的恐慌，我竟一時找不出適當的話來解釋。

兒子不願跟他走，只好負氣自己離開。過不了五分鐘，又在外頭吼人，訪問無法繼續，只好改約明天早晨念祖的老爹仍在熟睡時再訪——這種訪問真是風聲鶴唳，連鋁門因風吹動發出聲響，我們都會嚇一跳地回頭望一眼。

十五歲的雷念祖，兩歲時母親便因心臟病發亡歿，老爹跟隨軍隊抗戰剿匪，遷徙到澎湖，便落了葉而不歸根。念祖說等他老爹手傷好了，他便要回大陸學餐館廚師手藝，不再來臺灣。老爹會同他去住上半年便回澎湖，從此父子分居海峽兩岸，因為要領半年六萬塊的榮民福利金。

問他：「老爹不會寂寞嗎？」

念祖摸摸頭說：「他習慣了啦！」

每天還是看到念祖笑容滿面，年少不知愁地拿著釣竿，綁著蝦餌，在橋墩上釣魚，釣到了魚再做餌去釣鱘，釣到的鱘可以拿去市場賣一隻兩、三百元。

君是故鄉人應知故鄉事

因為從事田野調查的工作，讓我這個在臺灣土生土長的澎湖人，有機會回來長住澎湖，親身體驗我的故鄉人如何在這座貧瘠而天候惡劣的離島存活。讓我得以見識這個離島春夏明媚豔麗的風光，也能感受到她入秋以後，蕭索蒼莽的景致。

觀音亭是觀落日最好的望角，在夏日的黃昏，每天約在傍晚六時四十五分左右，從金黃轉為紅橙，沒入海的地平線，蒼穹雲蒸霞蔚，無盡海潮不斷翻騰，此時便起潮了，這一片風景日復一日安靜

林投海邊的漁船。1996年。

而壯觀地進行著。

但若沿著海岸走一遭，遍地垃圾讓人觸目驚心！前面又有一個遊客隨手扔了一個可樂瓶罐，眾目睽睽，沒有上前罵他的勇氣，只能忍氣沿路撿拾垃圾，嘴邊卻悻悻然輕聲咒罵著。

想到昨日訪問的郭自得老先生，每天固定清晨四點半起床，散步至觀音亭，半個小時的太極拳熱身後，開始彎身撿拾被無知的觀光客棄於海邊的垃圾，半小時後再回到居家前那條啟明街，開始掃街，日復一日，風雨無阻，真不知他是怎樣的心情？

房東阿公的大兒子出了車禍，前去探望，肇事的司機也在，黃色的T恤裹在啤酒肚上，老老實實的人，竟帶著全家老小探望，而澎湖人溫良敦厚，被撞的人有勞保和意外保險，只是舊傷復發沒有大礙，於是急診的醫療費也不要肇事者付，還叫肇事者若沒空就別特地「撥工」（台語）來探了。

這狀況若換在臺灣發生，恐怕不會如此善罷甘休吧！

澎湖的夏季，觀光正盛，整個馬公市熱鬧如唐朝時的長安城，一方遊客如織，另一方給水車停在路間，每個人提著大小水桶，沒有人知道這缺水的夢魘何時能止？

我做的是「國民營養變遷狀況」的田野調查，澎湖人吃得簡單，料理方式也簡單，通常只放鹽巴、味素、沙拉油便完成一道菜。魚是每天吃的，但是聽說他們多是將好的魚外銷，不好的魚留在市場賣，然而魚價卻比臺灣還高些！面對這種不合理的現象，為什麼還要每天吃魚？他們總是靦腆地笑說：「吃魚吃習慣了啦！」

一回在社會版看到澎湖毒魚的消息，四百多公斤的「白信」即將流入市面。據說只要二、三兩的「白信」便能毒死一個籃球場大的魚群，四百公斤的「白信」，汙染的澎湖周邊海域要五到十年方能復原。

澎湖馬公市南端風櫃半島的蒔裡聚落。晒魚的風景。1996年。

澎湖婦人與牛。1996年。

對海洋生態的危害，是自私短視的商人所看不見的。而殘留魚體中的氰化鉀，更是吃魚的澎湖人所無法察覺的。

一九九六年冬天，離開澎湖的前夕，在佛洛依德PUB中，藝術家老謝帶來兩個朋友，一個是攝影家張詠捷，一個是「盛興餅店」的第五代掌門人，他們是在地澎湖人，也都是用相機記錄澎湖的人。

整個晚上話題圍繞在鹹餅的故事、褒歌的由來、毒魚的問題，和對這塊土地不可分割的情感上……

我想，不論是老謝這種少小離家，到澎湖落地生根的外省人；還是詠捷這種離鄉在外工作的澎湖人；或是掌門人生於斯、長於斯的在地人；抑或是我這種在臺灣土生土長的澎湖人，對於這座島的感情，就如同和母親相連的那條臍帶一樣，永遠血濃於水。

就如同詠捷說的：「澎湖不乏人才。」只是這一代的澎湖人生活太安逸幸福，而不知道這座賴以為生的小島，正被貪婪和無知一塊一塊地荼毒侵蝕。

回鄉

往虎井嶼的交通船早上九點三十分開船，和我同船的大半是警察和軍人，還有五、六個當地人，半小時後抵達「桶盤嶼」，約十二點二十分到達「虎井嶼」。坐在我身旁的老伯約七十多歲，姓陳，奶奶大概長他十多歲，和他提起奶奶的名姓，他並不識得。

奶奶少小離家，而且如果她現在還活著應該也八十幾歲了，我想識得她的鄉親亦不多了。陳老先生說虎井嶼原有三、四千人，現在只剩四、五百人了。

船剛泊近岸邊，碼頭早已擠滿了觀光客，還有人扛著一籃豔紅的仙人掌果在兜售。我急著避開人群，便往寂靜的巷道走去，回馬公的船十一點半開，我只有七十分鐘的時間了。

島的後方沒有人家，仙人掌一叢簇擁一叢，黃色的花恣意燦爛，桃紅色的仙人掌果結實纍纍。臨行前姐姐一再叮嚀，叫我一定得親自採擷仙人掌的果實，才能體會風島人生活的艱苦。

力行的結果，仙人掌上細小的銳刺扎了我一身，上衣、牛仔褲及我身上背的麻布袋都是仙人掌的刺。

島上的柱狀玄武岩掩蓋著玄武岩噴出地表之前的沉積岩，沙質泛紅，抓了一把故鄉的泥土，回臺灣灑在奶奶的墳前。

靠海的彼端有座籃球場，門口刻著「中正國中虎井嶼分校」八個大字，有一班學生在上課，教室裡傳來清脆琅琅的讀書聲，教師是位年輕的女老師。教室外有一排女生閒坐著談天，自我經過，五

陽光下的虎井嶼。1996年。

個人竟像倒骨牌一般轉過頭來大剌剌地盯住我，教室裡的學生亦一個個探出窗外，想看清楚我這個外來客的模樣，他們那種奇異的眼光，好似我是來自另一個星球的人。這裡是觀光客不會走到的角落。

離開學校，走入一幢又一幢廢棄的舊厝，其實多半已是一堆片瓦土礫斷崖殘壁，也許其中一間便是奶奶兒時的舊居，那擦肩而過的與奶奶容貌相似的老嫗，說不定是奶奶的表妹或遠親。

經過一落安靜的咾咕石砌成的古厝，屋旁種了一排已枯黃的玉蜀黍，古厝門內，一個八十歲老嫗正坐在矮凳上吃粥，看到我便拉開嗓門開心地喊我：「呷沒（台語——粥）」。我搖搖頭並從麻布袋中拿出剛採的仙人掌果請她，她不敢吃：「哦！這滿山都是。」一她一直叫我跟她呷沒（粥），看著她腳旁兩碗分不出菜色的酸菜和豬肉，還有滿屋亂舞的蒼蠅，我有點不知如何是好。

她身上穿的是一襲藍衫布衣，踩著傳統婦女小巧的步伐，像個小孩似的拉著我的手去看她種的菜，「等到菜瓜都死光了，我就要去臺灣跟我的查某囡住作伙。」她說。

「我得去趕船班了。」我說。

「按呢我沒（粥）也不要吃了，要找人去迌迌。」她說，然後就跟在我後頭出門了。

往碼頭的途中，遇到剛才同船的陳老伯，他說要叫我吃一碗粥，卻都找不到我。我得趕船，匆忙間，只能為他和他的牽手拍一張照，希望能再回到這島，親手將相片拿給他們。

到了碼頭，回頭還能望見那八十歲的阿婆，踩著細碎的步子，響著嗓子和人說話，聲音如清脆的鳥叫。在她臉上看不到哀愁的皺紋，生活對她來說，像遊戲吧！阿婆說話的聲調、手勢，走路細碎的步子和一身藍衫布衣，十多年之後，竟比仙人掌的刺和仙人掌果的豔紅還要鮮明，印烙在我的記憶裡。

十一點三十分，小船以極緩慢的速度駛離虎井嶼，島上一排排錯落著的灰色建築，隨距離的拉長，逐漸變成星星黑色小點。二十五年的鄉愁，安安靜靜沉澱在手中猶溫的一把紅土。

匆匆回鄉，又匆匆離鄉。我思念的奶奶，夢魂可曾隨我歸來？

註：「虎井嶼」距澎湖馬公本島七浬。島嶼中央低平，東西突起、氣勢雄偉，退潮之際，水淺澄澈，因而得「虎井澄淵」之名。

告別虎井嶼

船過處，掘犁起一層滾滾白浪，一陣激揚翻飛後歸於平靜，後浪又被掘起，不斷重複。藍皚蒼穹下，島岩嶒峻靜默，風景依舊，同樣是天人菊恣漫野燦的六月天，同樣是上午九點三十分自澎湖馬公本島出發的交通船，連隨船收費的歐巴桑都沒替換——時間在這片海與島的交界處，似乎是不著痕跡的。

船身在陽光底下輕輕搖晃，我從相機袋中取出一張相片，相片裡的人是我第一次到虎井嶼時認識的一對夫妻。當時我與相片裡的陳老伯同坐此船，聊了一些虎井嶼的事，他問我為何到虎井嶼，我說：「只是來看看我阿嬤的故鄉。」

下船後隨他走了一小段路，恰巧碰上他出來買東西的牽手，我們互打了招呼，便婉謝陳老伯請我到家裡坐坐的熱情邀請，獨自往村落後面的玄武岩走去，繞行半個虎井嶼，回馬公的船也即將啟動，我沿著巷弄窄衢衝往碼頭的方向，突然一個熟悉的面孔出現眼前，是陳老伯的牽手，原來我正經過他們的房厝，他們的孩子約二十出頭，正蹲在矮牆上啃西瓜，陳老伯的牽手如洪鐘的聲音叫住我，說他先生方才出去找我要請我喝碗熱粥但尋我不著，這時陳老伯也從屋裡走了出來，直邀我到屋內吃碗熱粥，我說要趕船來不及了，倉促間，只來得及幫他們夫婦倆拍了一張合照。

我一直以為很快就回到這小島，再親自把照片交給他們，因此未留他們的住址、電話。然而時間在激流中滄桑更迭，此趟行程幾經延宕才得以成行，這一隔也整整兩年了。相片裡的人看來有股海島漁民的風樸，陳老伯站在左邊著一身白衫長褲，純樸的笑容帶著幾分靦腆，伊的牽手站在右後方，身上罩一件舊式花格子洋裝，微笑的口露出兩顆金牙，隨興張開的手和腳，和陳老伯站在一起，在相片裡顯得有些高大，反而有一種海洋的寬闊。

虎井嶼隨著海湧波動慢慢移近眼前，我暗暗盤算著，也許今天趕不回馬公，就在陳老伯家中借宿一晚，看看這座恬靜僻壞小島上的月昇星湧和清晨壯觀的日出，也許還能聽聽陳老伯訴說這座小島上發生的故事。上岸後，我逕往島的右方，陌生的路徑，攀岩陡壁，抵達玄武狀岩的頂端，一落落錦簇的天人菊在風中妖嬈展姿，碧草如茵，鳥囀翩翩，海潮無盡生處，貝多芬的田園交響曲自深崖底下的浪翻汐湧中揚起，扛著相機和三角架的我好似黑澤明「夢」中那個走入梵谷畫裡的旅人，大自然的合奏讓羈旅的心悸動不已，站在玄武岩頂上俯瞰島上不及百戶的灰泥矮牆，村民若星星小點稀稀疏疏移動著，陽光似細銀灑落更帶幾分慵懶氣息，讓人幾乎忘了時間的存在。

一群騎著摩托車奔馳上山的年輕人，呼嘯著從我身後轉下山，提醒了我時間的移動，該回到人間了吧！小心翼翼避開仙人掌叢從岩壁滑下山，穿入蜿蜒如蛇身的巷弄，找尋陳老伯的屋厝，然而時間模糊了我的記憶，每一條巷弄、每一幢水泥屋都那麼相似，來回找了幾趟，只好拿著照片詢問一個蹲在屋前納涼的婦人：「可識得這照片中的人？」婦人對著照片端詳了一會兒問我：「你要找查甫還是查某ㄟ？」不等我回答她又接著說：「這個查某已經過身（台語）了，查甫好像和他後生搬到臺中去了，他們以前住的厝現在沒人住，是空的。」——陽光霎時照進陰暗的窄巷，亮得我眼前一陣花白。我好像也忘了和婦人道謝，也不知是怎麼走回交通船泊岸的地

在沒有天人菊的季節回到風島，景緻蒼涼，如同歲月。走路。一個人。那時沒有自拍神器。一個人自拍，要小心地將相機擺在可以將自己攝入鏡頭內的角度，按下快門，等待。

方。那段過程不僅記憶空白了，時間，也空白了。

踏上船心，船身隨浪輕輕擺動，捧著那張無法交遞的相片，有些愕然，這時才想到我竟忘了問那婦人究竟發生了什麼事？何時發生的事？我還清楚地記得陳老伯到處尋我只為叫我喝一碗熱粥，還有他的牽手看到我時，洪亮的叫喚聲——不知何時，在我以為的理所當然之中，時間已悄悄動了手腳。

陽光將船身及坐在船頭的我的影子拉成一段一段浮起又隱落的扭曲的，斷章。我小心翼翼地將相片放入相機袋中，取出札記本，翻開的那一頁一首短詩不期然地映入眼中——

時光飛逝
像紅蒸氣船駛過
時光飛逝
不知何時　漸成陰影

第　三　部

自然行旅

一粒種子

坐在兩棵芒果樹下，午後微風徐徐吹來，石板桌上攤開《草木》，陽光從葉隙篩落的樹影裡，一字一句唸著有關「臺灣蘆竹」的解說文：「……在貧脊的土壤上依然生長良好；是本省岩壁上常見的植物……也是本省乾生演替系列中最前期的植物……。」心頭忽然一動，想那先驅樹種開疆闢土，經年演替後，陽性灌木改變了日照和溫度，埋在土裡未知年，陰性樹的種子，感受到周遭環境因子的成熟，蠢蠢欲動而開始萌芽抽葉，數年後粗壯的枝幹形成，漸漸蔚為

羊蹄甲的莢果因扭曲的張力而蛻成一支極具線條力度美感的藝術品。

一片蓊鬱森林，只要在自然演替的過程中，沒有人為或其他因素的破壞……。

沉寂黝黯而冷涼的地底，等待生命發生的一粒種子，那份堅持怎不叫人動容哪！

六月，和友人駕車行經燥熱窒悶的城市，陽光的溫度使整個車子和車內的人幾乎要燒熾起來。和朋友閒閒地談笑著，驀然一聲似子彈穿過槍口的迸裂聲戛止我們的談話。正納悶迸裂聲出自何處，才發現放置擋風玻璃下被陽光烤成黑沉木般色澤的菊花木莢果，此時已從原先的扁長形卷成一條線形優美的螺絲管。

等待成熟的種子按耐不住陽光持續升高的催熟而迸裂開來，包裹種子的扁平豆莢因扭曲的張力而蛻成一支極具線條力度美感的藝術品。

原來，一粒種子在掙扎出母體的剎那，是具有如此驚天動地的爆發力！

我喜歡收集種子，朱紅、黝黑、雪白、碧綠、焦褐；圓珠形、翅形、羽形、棉球狀……各種顏彩形狀的種子，裝在玻璃罐中，像是把四季收藏起來。

每顆種子都記錄了一個旅行的故事。有的靠自己的力量彈發出去，例如鳳仙花、羊蹄甲；有的御風而行，例如菊科、蘿藦科的種子；有的搭人及獸類的便車，例如鬼針草、疾藜草；有的大擺流水席宴請蟲鳥，種子隨蟲攜帶藉此擴張生命的版圖。

種子旅行的形式及方向各有不同。有的走陸路；有的乘滑翔翼、降落傘；有的寫下一頁頁航海日記，例如：欖仁樹、林投、棋盤腳……。儘管種子旅行搭乘的工具迥然不同，但最終目的仍是殊途同歸，只要種子落在適合它生長的地方，便能延續種族的生命。

收集種子是件容易著迷的事。但，只是擺著。從未想過可以把種子埋進泥土裡，看它發芽長出一棵植物。

深秋的午後，在對面人家的水泥牆角發現一株土人蔘正盛開著比玻璃珠還小還亮麗的桃色小花，細莖的另一端則撐出一串串糖葫蘆似的朱紅果實，超迷你的糖葫蘆。它要的土地竟只有那麼少。

朋友看了喜歡，便小心翼翼地採了幾顆種子欲把它種在盆栽裡。朋友的動作提醒了我，自己也可以創造野地生命的呀！連黃毛小兒都懂的事情，怎麼就沒裝進我的腦袋瓜裡！

我也興匆匆地採了一把種子埋在盆栽溼潤的泥土中，並固定時間澆水，等了好些日子未見動靜，朋友說，好像種不起來。我不肯信，又去採了第二回，卻一失手連莖葉都折下來。心想，就這樣連莖插進土裡吧！也沒期待它還會活過來。

一趟遠行歸來，赫然發現原以為已無法存活的土人蔘，猶燦燦然地把花開盡——剝落的種子已完成它的使命。

上／同屬羊蹄甲屬的豔紫荊，種子也會迸裂開來，呈現另種美感。

下／種子總能展現無限奇蹟。

亨利．梭羅曾說過：「雖然我不相信，沒有種子的地方，會有植物冒出來；但是，我對種子有信心。若能讓我相信你有一粒種子，我就期待奇蹟的展現。」

目睹野地生命的韌性，我深深相信一顆堅持等待生命發生的種子所能展現的無限奇蹟。

入秋

搬來鳳山後，第一次走入這座位於鳳山市與高雄市交界的公園。公園雖位於交通流量吐納繁重的三角點，腹地卻很大，園內綠地至少占據四分之三的面積，植樹也不少，草皮更顯得青綠，野草花繁盛，小灰蝶和小蛾在草叢間飛舞。公園周邊沒有鄰近住宅區及商圈，因此停車方便，在公園內活動的人也不多。漫步其間，讓人差些忘記了是身處於人馬雜沓，灰煙漫天的工業城。

這在港都劣質的公園文化來說，堪稱異數。

每一棵樹各自展現其獨特的風姿，除了喚得出它的名字像與老朋友相見歡之外，我更喜歡一棵棵去細細瀏覽其枝葉伸展的姿態和樹身的紋路——雨豆樹、菩提、印度紫檀、鐵刀木、蒲葵……這座公園內蔚成林蔭的大樹算來可真不少。濃密的樹葉似超大海綿，將車囂喧嚷的噪音稀釋得淡薄，有種近乎寧靜的錯覺。

數量龐大的薄翅蜻蜓在日暮殘霞的輝映裡群集空中盤旋飛翔，也許是在飽啖一頓晚餐。在黃連木細瘦錯雜的枝葉間，發現撐平雙翅倒吊著歇息的薄翅蜻蜓，一隻又一隻，一排近十棵的黃連木上吊滿了薄翅蜻蜓，另外在瓶刷子樹上也發現不少，由此觀察得知，薄翅蜻蜓喜歡找枝葉繁密而纖細的樹木棲息，這樣牠細瘦的腳才攀得住，是不是也比較有隱密性呢？而牠雖然是沉沉入定的模樣，卻未完全入睡，只是打著盹，或者即便已然入睡仍舊保持高度警覺的應變能力，一有風吹草動旋即驚飛，另覓他處停棲。對一隻蜻蜓而言，

紫花酢漿草。

生活是隨時充滿危機的。

我在草地上找到一種綠摺菇，由於菌絲體在地表內是呈現輻射狀向四方蔓延生長，所以菇體冒出表面時就會成環狀排列。在歐美的傳說中這是小仙女們在晚上跳舞時所留下的痕跡，故稱為「仙女環」。

而這些愛跳舞的小仙女們，果然幻化成一朵朵安靜蒼白的蕈菇環列一圈，輕易地就讓我們給尋著了。待到夜幕垂降，人聲消杳之後，害羞的小仙女們又換上彩裝，歡舞通宵。

多迷人的傳說，好幾年，我的女兒總是在下過雨後的草地上尋找仙女環，充滿期待能看見夜晚偷跑出來跳舞的仙女，一直到小四、小五了，還很深信這個傳說呢！

這幾年不斷在城市公園從事自然觀察與兒童自然觀察教育，大自然教室仍如所羅門王的寶藏讓我挖掘不盡，時時帶給我新奇的體驗與知識。

紅尾伯勞自樹梢傳來如竹片急切撞擊的嘎嘎聲，粗啞而短促的鳴聲，這是今年第一次遇見紅尾伯勞，想來遠方的冬候鳥也將陸續來到了吧！

臨走前赫然發現幾棵臺灣欒樹已明豔豔地撐開了黃花，入秋了！閒居的生活經常是沒年沒月的，只有花開蘊果時方才提醒我時序的轉換，和大自然愈親近，也讓我對季節的更迭更加敏銳。

入秋了！已涼天氣，在城市北邊一號公園內那幾棵烏桕也將蛻成滿樹紅葉了吧！改天去看看。

啜飲一季鳳凰花釀的酒

今年的鳳凰花開早了嗎？還是等待的心情因為殷切而更加敏感。

去年時序進入秋天的某一個午後，獨自驅車行經城市邊陲，我自封為「鳳凰花道」的中華一路，一陣輕盈的風拂過，那蛻成鵝黃的羽葉翩翩似雪，紛紛墜落在車子的擋風玻璃上，夢般的景象讓我開始期待落花已盡的鳳凰木再度燦放的季節。

今年「立夏」剛過，不到五月，火紅、橙紅的花瓣便悄悄地自青黃色的花苞中迸開來，這條連綿二、三公里長的鳳凰花道，便似撐開了一把又一把的火傘，蔚藍的天空也被映襯得更加亮麗。

隨著暑氣高漲，鳳凰花也由星星之火燃成燎原烽燹，城市各個角落，被絳紅的鳳凰花、煙紫的大花紫薇、亮黃的印度紫檀……炒得繁華似錦。阿勃勒也開始稀稀疏疏地垂降燦亮的金黃，花瓣接近透明的感覺，像玻璃杯中盛滿的清涼果汁。進入城市方知鳳凰花已似野火蔓延燎燒，讓城市的容顏紅撲得令人不敢直視。開得最滿最亮的要屬愛河畔「汙水處理站」旁的那幾棵了，樹梢頂著火紅的花瓣，風一搖，樹底下便窸窸窣窣地落起花瓣雨來，偶爾夾雜幾片鵝黃羽葉，站在樹下的我不禁看痴了過去，踩在被陽光自樹隙灑下的閃動光影所撫摸的落花塚上，身體不自覺地飄飄然，身旁的車流加速呼嘯而過，公園裡的人只關注破碗中的骰子擲出幾點，下注的賭本落入誰的口袋裡，除了我，沒有人留戀鳳凰木傾心綻放的風華。

走過柴山腳下，山那頭竄出的殷紅，似血一般的絲帶，在陽光底款款召喚，驀然想起多年前一位朋友自西子灣學府寄來的信中寫著：「鳳凰葉落於此，以一身的殷紅染遍了整座城……只待六月，以血祭城。」那一個對生命充滿感傷的好友，文字裡總是傷春悲秋，猶記得他的輕聲細語、連我這個大剌剌的女生都不及的細緻的肢體動作，烈日下騎著他的重型機車載著我臺南高雄來回拍攝古厝老店的身影，帆布搭起的路邊攤，一碗魚丸湯喝得汗流浹背，而他猶能優雅地以拳頭摀嘴，不張開口地將斗大的魚丸細嚼慢嚥緩緩入喉——如此衝突的拼貼印象，想來有些魔幻。這身影已在時間之流裡埋了音訊，而今，西子灣新樓依舊，鳳凰花也依約開落，不知他可好？

記得有一年四月到泰國旅行，印象最深的莫過於夾道怒放，似燒不盡的野火般讓人窒息的鳳凰花。當地人喚鳳凰花叫「情人花」，也許典出一段淒美的愛情，也許是源於火紅的顏色讓人聯想到熱戀般的情狂，我喜歡這一個浪漫的名字。

那一次，陪我走過情人花下的是另一位誓死不婚的女伴，我們因這次泰國行結為好友，她對單身主義的堅持和我對愛情的絕望在情人花下一拍即合，像烈士般，多少不是出於完全地自願。回國後，我們保持密切的聯繫，雖然一個在中部，一個在南方，很少見面。但我常常想起她的獨身主義，多少給了我盲無標的的生活一點精神支持。單身有很多好處，不必受另一個人的情緒影響，不必服侍另一個人，也不用幫小孩把屎把尿，可以擁有一個人完整的空間與時間……。我常常想起她，一個堅毅的現代女性。

就在我們漸少聯絡的一個我又想起她的夜晚，她打了一通電話來，在電話裡以極其平淡的口氣跟我說她要結婚了。只記得當時彷彿真有子彈劃過腦袋的轟然聲，我的愕然現在想來，應該是有種被背叛的驚愕。之後，她說到他們經由相親，然後自然地交往，然後不到三個月就決定結婚種種，她還說要帶她的未婚夫到高雄來讓我看看……，我彷彿都心不在焉，一時間尚無法從剛接到電話時的驚詫回過神來。直到掛上電話之前，我才回神衷心地祝她幸福。

結婚應該可以給人很安定的感覺。當時真的這麼以為。她在情人花花開的季節步入紅毯，那一季的花海是最大的祝福。

此刻，炎熱的南方大城，一群英氣風發的少年騎著單車，劃過火紅的鳳凰花下，朗朗笑聲、吆喝聲和風中搖曳的燦爛，不正是李白〈少年遊〉裡「武陵少年今市東，銀鞍白馬度春風，落花踏盡遊何處，笑入胡姬酒肆中」的不羈歲月，燃燒的青春。

穿著淺藍色制服的女學生，獨自在鋪滿鳳凰落花的紅色地毯上等待公車，會是什麼樣的心情呢？

一場陰雨過後，天空仍灰澹的清晨，走入千萬片落花灑滿的安全島上，踩著被雨浸潤的柔軟草地，撫觸比絲綢還要柔軟滑嫩的花瓣，整座安全島宛若一條被酒浸滿的紅色河流，這時節我最愛穿上

曾經，這樣的浪漫與純粹，等待一朵鳳凰花開的心情，回頭望，也不會再有了。

紅色碎花洋裝，彷彿自己是一棵盛開的鳳凰花木，在城市中流轉。而此時我卻娉婷走入一條鳳凰花瓣氤氳而成的河流，在蟬聲譁然中，啜飲這一季鳳凰花釀的醇酒，那滋味像玫瑰紅加蘋果西打，叫人欲醉未醉的醺醺然，讓我在一座小小的安全島上流連忘返。

突然覺得住在這座充斥水泥怪獸的冰冷城市，還能享受浸滿花香的浪漫和幸福，竟也悄悄地愛上這座城市，在這個季節。

曾經，這樣的浪漫與純粹，等待一朵鳳凰花開的心情，回頭望，也不會再有了。

煙花林

我喜歡收集種子。我把收集來的種子放在一只只透明的小罐子裡。有展開羽翼的翅果，有輕幻如夢的毛絮，有各種形狀、各種紋路，蛇麟般的、甲蟲般的，還有各種顏色，枯木的褐、神祕的藍、豔唇般的紅、尊貴的亮棕色……有碩大如棒球，也有微小如細沙，有的布滿銳刺，有的光滑如蠟——一顆種子就是一個宇宙，觀看它的形色紋理，撫觸其質感溫度，都會讓我痴迷不已，愛不釋手。

收藏在透明罐中的，不僅是一粒粒、一片片安安靜靜躺著的種

掛在樹上的莢果。

同為蘇木科羊蹄甲屬的
豔紫荊在寒冬中盛開。

子，還有那一段與它相遇時的記憶、氣味、顏色與心情——也都一併收納在那只透明的小罐子裡。書櫃上還有一對透明藍天鵝造型的碗中，也放置各種不同的種子，還有蜂窩、鳥羽毛、食繭、空的螵蛸、細蝶的蛹、避債蛾以微小樹枝築成的窩……這些收藏在小罐子裡的自然遺跡，歷經十多年的歲月淘洗依舊完好如初，無臭也不褪色，造物主實在太奇妙了。

收藏在天鵝碗中最顯眼的種子莫過於捲成螺旋型，極具線條力度美感的黑沉木色的莢果。它是屬於羊蹄甲的。

等待成熟的扁平莢果感受到陽光的熱度，開始膨脹扭曲而在瞬間迸裂開來，那瞬間的爆發力，似子彈穿過槍口的爆裂聲響，那種震撼，我是親身經歷過的，永生難忘。

想像站在一棵陽光充滿的羊蹄甲樹下，聽著一棵棵豆莢此起彼落迸裂開來的聲音，應是比觀看煙火表演還要歡慶吧！

玻璃天鵝碗中的這枚卷曲的莢果自柴山腳下的柏油路上拾得。正確一點的說法，應是從柏油路上的安全島上拾來。每年歲末冬暮，依稀聽得春天的跫音之際，安全島上成片的羊蹄甲便如「鏡花緣」裡武則天喝怒之下，一夜催生百花綻顏的盛況，轉瞬間一座一座小小的安全島竟成了令人迷醉的煙花林。

神話中想在百花皆殘的嚴冬裡看見眾花爭妍而無理取鬧的武則天，只顧下棋而忘記時間的迷糊掌花仙子，還有害怕被火炬燒死而紛紛跳下凡間開花的眾花仙——在春天尚未降臨這個南方大城之前，翩翩幻化成安全島上一株株粉紅色的羊蹄甲，遊戲人間。這城市也因神話幻成煙花林而變得迷濛爛漫。

當我還沉浸在戀愛中時，總愛在此時節牽著伊的手在城市的煙花林中流連忘返。

曾經，剛滿周歲的寶貝女兒，輕輕踉蹌的步伐奔跑在煙花林中的身影。

曾經，在樹下感動著提醒自己要記得告訴她這則羊蹄甲的神話。

忽忽十八年光景移逝，伊早已牽著別人的手，女兒也以我追趕不上的速度走上她的道途。神話，更不記得到底說了沒有。

現在，我遷徙到這個沒有安全島的海岸，走過幾度春天，才恍然驚覺，這是一個看不到羊蹄甲的地方。

豐碩之果——臺灣欒樹

當四季之神用她那纖巧的手指往大地輕輕一點，臺灣欒樹即成了秋天裡最繁麗的風景。

早在空氣裡微透著涼意開始，臺灣欒樹已在高高的槎枒醞釀一串串清涼果凍般的亮黃色花序，待人們還來不及細看時，一叢叢像枯葉般脆黃，像蘋果般青綠，似胭脂般桃紅的果實便如大廟前高高掛起的紅燈籠一簇簇地將鮮黃的花兒擠落了一地，捱到了「已涼天氣未寒時」的仲秋時分，滿樹青的黃的紅的顏彩，好不繁麗！

第一次看到臺灣欒樹，是在山高海闊的東部，瓦拉米步道前，拉庫拉庫溪畔。她就開在峭崖岩壁中一塊令我滿意的平原上，秋涼氤氳中蘊露一身嫣紅飽滿的風華站在崖頂，我開始幻想在那塊人煙絕跡的平原上築幢小木屋，闢個小菜圃種種菜，圍起白柵欄養幾隻牛羊馬兒……當時對所有花草樹木的名字都不認得，只是一股浪漫去欣賞它的美，所以我和我曾經教過的小學生一樣，只要是紅色、粉色的都叫它梅花或櫻花，也不管紅的是它的花還是果。

後來回到都市，又臨秋天，一簇簇爍紅、翠青、蒼黃的臺灣欒樹碩果在城市的角落裡炸開來，才發現這座燠熱的南方大城裡臺灣欒樹竟是普遍而易見的行道樹，它並不專屬於高山寒原，而那時我已認得無數花草的名字，不再將它誤擬成梅或櫻，並且知道它是臺灣特有種的植物之後，更令我看重它平凡而珍貴的獨特性。

今年秋意乍訪人間時，我帶著學生在街道中尋找秋的氣息，臺灣欒樹那擎滿枝梢的燦眼蒴果和落了一地似繁星的碎花兒，就是入眼的第一個秋天的訊息。孩子們蹲下來撿拾地上桃紅色燈籠般的蒴果剝開來，裡面安安靜靜躺著三顆青翠渾圓的小種子：「像一粒粒珍珠呢！」孩子們大聲讚嘆著。當然，臺灣欒樹就成了孩子們筆下的詩篇最濃郁的秋意。

隔了些時日，我又經過曾和孩子們一同撿拾果實的那棵臺灣欒樹底下，受不住她豔紅欲滴的誘惑，遂停下車蹲在樹下撿起種子和碎紙片般的小黃花來把玩，她靠近底部花托的部分還穿了一件赤紅色的蓬蓬裙呢！我像淘金客那般仔細把被陽光晒得如栗子般清脆的果皮剝開收集它青綠、墨黑的種子，意外發現還有無數顆來不及成熟，比一粒葵瓜子還小的三角稜形蒴果，有的顏色還接近暗桃紅，一捏即碎，裡頭乾乾地掛著三顆扁扁炭黑的不成熟的種子像蟲卵，我跪在樹蔭下像一個識貨的挖寶者，為大自然造物的精細費心嘆為觀止，更感謝上蒼賦予我一雙完好的眼睛，可以欣賞大自然揮灑出巧奪天工的繁麗色彩。

站在一棵繁盛的臺灣欒樹底下，身旁的車流哀哀流逝，我渾然忘卻原來所為何事，但，那已不是頂重要的了。

上／在臺灣欒樹下聽見落花雨，是秋天這個季節最浪漫的事。

下／晚秋裡的台灣欒樹。

記港都最後一塊溼地之死

烈日灼身的夏日午後，獨自走入這塊原名為「內惟埤」，而今卻被土石完全填實，變成無人問津的城市荒地，陽光下，面對藍色鐵籬和寂寂荒草，靜靜懷想曾經屬於這塊土地的波光鳥影和野地的繁華。

當苦楝隨春風飄散紫一般的暖香漸漸蛻去之後，小鷿鷈開始在溼地中構築甜蜜的家庭，從小鷿鷈夫妻共同築巢、輪流孵蛋，親鳥將幼雛負於背上展開生命旅程，勤奮不懈為小鷿鷈覓食餵哺，到教會小鷺鷈游泳、潛水、自立啄食謀生的技巧，我不僅記錄了完整的過程，也從中讀懂了不少小鷺鷈有趣的行為語言。有一次，其中一隻有足夠能力獨立抓魚的幼鳥，因一時偷懶而欲搶食親鳥口中的小魚時，親鳥隨即嚴格而帶著愛撫以嘴喙啄了啄幼鳥的屁股，彷彿在告訴牠：「你已長大，該自立更生了。」

當落日退隱山頭，留下一道亮洸洸的金黃水影之際，臉上如彩繪黑、白紅褐相間花斑，毛羽簇短，體型瘦小的小小鷺鷈，尾隨親鳥體態輕盈地滑出蘆葦叢，牠們悠然劃過落日灑下粼粼波光的身影，是嵌入暮色中最動人的一幅畫。

而我與許多鳥類的初次邂逅都在這一塊占地一・〇二八三公頃的內惟埤溼地發生。包括擅長捕魚似寶藍色噴射機的魚狗（翠鳥）；總是弓身踞腰凝視波影，個性沉靜的夜鷺；還有行動如印度舞者的紅冠水雞；性情隱密，以為自己如一片黃葉般輕盈的黃小鷺，以及

城市中的溼地——內惟埤。
1997年。

被填平的內惟埤。1997年。

喜歡擺臀搖尾的冬候鳥磯鷸，還有與藍色獨行俠——綠蓑鷺的驚鴻一瞥……。

在內惟埤記錄到的鳥類多達二十餘種，這一年多的觀察，內惟埤亦帶給我如初戀般的喜悅。

當釣魚客發現這一處大都會中僅有的僻靜之所，便不僅止於來此垂釣，更於水中施放許多魚苗，間接地吸引更多鳥類駐足探食。我喜歡在日暮時分前來，只消五分鐘車程便將塵囂拋諸於外，黃昏的涼意驅散蒸騰一日的暑氣，群鳥的活動也在此時到達最高峰。烏龜慵懶地趴在浮木上無所事事，褐斑蜻蜓於池畔低空飛掠，還有前來賞鳥的親子……讓這塊隱於鬧市之中的溼地溢滿活潑的野地生機。

內惟埤的彼岸，是田青、大花鬼針草及馬鞍藤連綿而成的草原。草原與內惟埤隔著一條小河，而另一端則圍著鐵籬，小河及鐵籬讓這片草原與世隔絕，草地裡的繁華與孤獨生生滅滅、自開自落，除了像我這樣對曠野極度渴求的人之外，這裡幾乎不會出現其他人類的足跡。

自從發現草地上另一主角——山羊，披著熠熠生輝的毛皮奔躍過青青草地，並且極具紳士風度對我有禮地敬而遠之，我便開始帶領一批又一批的學生深入草地循著蹄印追逐羊蹤。這群在城市中生長的孩子，大多是第一次看到羊，而且還是野放在大自然中的羊群，個個興奮得像初次獵鹿的印第安男孩。孩子們強捺住狂跳的心情，躡手躡足噤聲踏過刺棘的鬼針草叢，只想觸摸到在陽光底下閃閃發光的羊毛，可惜羊群始終和我們保持一段距離，讓我們無法一親「羊」澤，然而整個夏天，這片草地和那群羊卻充分餵飽了我們這些久居都市的孩子對原始荒野的飢渴之心。

一九九六年即聽說市府有意將租賃給亞洲合板公司運輸木材之用的內惟埤收回，而闢建公共設施的消息。直到一九九七年六月傳

內惟埤溼地。

填平後的內惟埤溼地。

言更加確定，市府決定將草地夷平，把溼地填平而改建成臺汽客運停車場之後，釣魚客似乎只能拚命地撈光池中的魚，並對我這個沉默的自然觀察者發發牢騷。至於我呢？也只能用筆和相機記錄這即將被吞噬的野地之美。

內惟埤溼地的魂魄是小鷿鷈，小鷿鷈走了，溼地便失去了大量動力，翠鳥、綠蓑鷺、黃小鷺和釣魚客也消失在這塊溼地之中，溼地正面臨垂死的荒蕪。

一九九七年八月，推土機和運載大量泥砂的卡車訇然駛入，蟲鳥魚獸紛紛驚飛逃竄，只剩白鷺在乾涸的土地上沒有明日一般地貪婪搜索最後的午餐！

地方誌中記載「『內惟埤』發軔於清康熙年間，初為農田水利之灌溉，占地一．〇二八三公頃。」在港都木材業興盛的年代，內惟埤亦成為銜接愛河的一條運輸水道。當木材業沒落之後，內惟埤因失去經濟效益而漸被人類遺忘。而後，野鳥進駐內惟埤，日積月累，創造了豐富的野地生命，也提供在大都會中窘迫生存的釣魚客、自然觀察者及戶外休閒者享用豐盛野宴的好去處——最後，所有鮮活的野趣結束在推土機和除草機之下，只剩冰冷的鐵籬和寂寂的荒漠野草。

回顧人類文明發展的軌跡，竟是帶領人們一步步走向與自然背道而馳的荒涼。

山羊是草地的魂魄，草地變成光禿禿的沙漠，山羊移棲他處，草地便死了；沒有水鳥而乾涸的溼地也宣告死亡。在時光不斷往前推移之中，人們將會遺忘這塊城市野地曾有的豐饒；內惟埤的歷史終將塵封於無人問津的史冊中，只有痲雀、荒地的野草和我，記得憑弔。

十多年的光景，都市快速發展且高度開發，
昔日內惟埤的遺跡已被林立的高樓覆蓋。
2017年。

沙丘上的一隻黃頭鷺

經過木材廠及垃圾車停放的空地，彎身通過鐵籬笆的破洞——這是羊隻出入的洞口，在荒野地裡，人類更需要向動物學習。之後，進入由田青、大花鬼針草、野生小苦瓜及馬鞍藤所織成的野生綠意地毯，羊群在白茅花之後吃草，安靜而和諧，雖然還是有點害怕我一步步地靠近，但他們總是睜大無邪的眼珠子注視我，偶爾遠遠地張開嘴對我噴氣，略為表示對我打擾他們吃早餐的不滿。

隔著一條臭河，小白鷺及夜鷺紛紛警覺到我輕挪的腳步聲與氣味，迅速地自盛開黃花的黃槿樹上飛逸。用望遠鏡掃描這塊城市溼地，粼粼水波之中找不著我觀察了一整個春天的小鷿鷈家族及紅冠水雞，也不見垂釣的人，連水邊平常有許多鳥隻與烏龜停棲的枯木上也空無一物，只有灰頭鷦鶯在芒草間發出淒哀的「喵喵」聲，以及八哥掠過天空的身影。

自從市政府欲將這塊高雄市唯一的溼地填平蓋成停車場的消息傳出之後，釣魚的人便毫不客氣地牽起網罟來撈魚，甚至划著沉重的浮木在溼地中抓魚，好似末日前的大搜刮，嚇得鳥飛魚竄，我甚至擔心那群愛在半夜出來撈魚抓鳥的外勞已抓走了小鷿鷈家族！

昔日曾在這塊溼地觀察小鷿鷈的新生、育雛過程，還記錄到二十幾種鳥類，包括翠鳥、磯鷸、黃頭鷺、栗小鷺及少見的黃小鷺、綠簑鷺……。最近這幾次來，總是只見到族群較龐大的小白鷺、夜鷺、八哥、白頭翁及麻雀——溼地中的生命愈見蒼涼。

得知即將被填平，釣客划著沉重的浮木在溼地中抓魚。

淡黃蝶神色慌張地在大花鬼針草及野生小苦瓜的小黃花上點墨式的停留，風一吹，單薄的翅似要被搧破了，牠們無視我的存在，生命的脆弱使得他們的生存危機更增。

獨坐在凹凸不平的石礫上，眼前紫色的馬鞍藤及棕褐色的孟仁草，田青連綿的翠綠疊遞遠方的北壽山和岫頂的流雲，風吹的線條構成荒野的表徵，這一片曠野連結了另一座小島，我的故鄉——澎湖。海天同色，天人菊盛開的記憶，這才發現土地原是鄉愁的根源。

而當思緒越過鹹鹹的海風又飄回到這座南方大城，便只剩深深的落寞，在這個超過一百八十萬人口的大都會，我確定這是唯一觸摸得到野性的荒野溼地，然而，在我從意外發現到日夜觀察不過短短一年的時間，它即將掩埋在冰冷的水泥地底。而還有多少人來不及知道這塊溼地中蘊含多少豐富的野性生命，便又讓這塊土地的歷史深埋在無人問津的地方誌中，只留下佔地一．〇二八三公頃，初為農田水利之灌溉，其發軔於清康熙年間，名為「內惟埤」的簡單記錄。

想起那日在高美館旁一塊都市重劃區的荒地中，豔陽下一隻黃頭鷺高高地站在沙丘上，冷冷檢視牠腳下的土地。那些石礫泥沙原是一個貝塚文化，當初工人將之從他處運來填地，遺跡出自何處已無從考察，我的學生曾在貝塚中挖到平埔族用來串成項鍊的魚骨及黑陶，而此時，怪手正在這貝塚遺跡上大挖特挖，工人從未聽說有什麼文化遺跡，只知道一年之後這裡將只看得到寬敞的柏油大道。

黃頭鷺依舊站得高高的，冷眼看著我們人類無知而短視地毀滅自己的文化歷史與自然的生存空間。

都市沙丘寂寞的孟仁草。

溼地中形單影隻的夜鷺。

嚶鳴河道

紅冠水雞通常成小群出現於池塘、沼澤、水田、溪畔……等草叢地帶，是普遍的留鳥。然而，在烏煙瘴氣的城市邊陲的一條溪流，同時有十五隻紅冠水雞的紀錄已屬不易。

在我眼中這條溪流堪稱是水草豐美的。蓖麻、莎草及各種禾本科的野草蜿蜒棋布寬廣的溪中。愈近薄暮時分，無以數計的野鳥在溪畔交織撼人的田園樂章。溪的兩岸栽植成列的刺桐，闊葉被蟲啃得千瘡百孔，代表生命繁複。

曾和學生在莿桐樹幹上發現兩個泥蜂製作的甕巢，口小肚大，甕口往外翻，像極樸質的手拉胚陶。

十幾堂野外觀察課上下來，原本熱愛小騎士、麥當勞，更愛看電視的都市小孩，也訓練出敏銳的目光，在野外。就在莿桐旁邊的野草叢裡，學生發現兩隻小蜘蛛七手八腳地纏鬥著。待落敗的一方身體僵直不再有聲息，才看清楚原來是初孵化的小蟋蟀，在成為蜘蛛的食物之前做垂死的掙扎。

我們就著手電筒的光束，蹲下來觀察蜘蛛如何處理牠的獵物。只見牠半吸半咬了幾口，便將獵物丟在一旁，沒有下一步的動作。學生撿起一截細枝撥弄僵死的屍體，蜘蛛旋即滑過來張腳與細枝搏鬥，一面死命抱住牠的食物。不知為何這情狀讓我聯想到蜘蛛抱住的不是食物而是戰死沙場的同袍……蜘蛛這場戰役讓我們大開了眼界。

另一次的幸運是看到喜鵲，三隻喜鵲站在日落之前的禿枒上，墨黑的頭、胸，雪白渾圓的腹部，暗藍色的羽翼，藍綠色長尾，正對著日落的方向「夾卡、夾卡」粗啞地抗議著。學生透過望遠鏡興奮地發現：「牠怎麼叫一聲就翹一次屁股！」

那一回離去時，河道瀰漫著迷濛之氣，煙茫茫一片幾乎無法看見不遠處的路燈。我自欺欺人地說：「哇！起霧了！」叫人昏眩作嘔的臭氣卻不能騙人，學生很有經驗地說：「一定在燒什麼東西啦！」

這條溪——後勁溪被西青埔垃圾掩埋場及中油煉油廠環伺夾擊，這裡終年恆常充斥著烏煙瘴氣。

只是可惜了這條穿過城市邊陲水草豐美，野鳥繁麗的溪流。帶學生來這條溪畔看水鳥、觀察昆蟲的機會還有多少？像十全路那條宛若城市野鳥天堂的溼地被填平充當臺汽停車場；高美館附近鮮為人知的古物遺跡被歸入都市重劃區而埋入柏油底下；半屏山原始的

發現小湖中的高蹺鴴，
令人興奮。

野徑，高大的喬木被剷平栽植低矮醜陋的虎尾蘭，權充煉油廠發生事故時的第一道防火牆（其功效有待闕疑）。昔日帶著學生感受熱帶雨林、野草莽莽的路徑已不復見，曾經發現的鷹跡、赤腹松鼠、小雨蛙已無處藏匿……學生跟著我逐步發現野地之豐美，進而喜愛野地生命的同時，城市野地正一處接連一處以迅雷不及掩耳的速度消杳。

猶如獵人逐步失去賴以為生的獵場。

整整一年！從發現、探索、分享到失落。短促到連錯愕地驚呼一聲「啊！」都來不及。

在急遽川流的車速中，被撞倒的那一剎那，我連「啊！」一聲的尖叫都來不及反應，摩托車斜斜滑衝出去，我的身體在柏油路上結實地翻滾了兩圈，那種電影中常見的車禍姿勢。在翻滾的瞬間我清楚地透過安全帽透明的擋風片注視前方，把我撞倒的那個人沒有因我的倒落而稍有遲疑回頭探望，更不用說停車下來負責。

有好心的路人上前來攙扶我一度痛得失去知覺的身軀，有人在馬路那頭喊過來：「要不要叫救護車？」所幸我的車速不到時速三十公里，大抵都是皮肉傷，於是發動車子仍舊依既定的行程到後勁溪探勘。

薄暮時分，上百隻白鷺鷥成行飛過溪的上空，無以數計的斑文鳥以快於心跳的速度穿梭矮叢間，小環頸鴴、東方環頸鴴時而結群呼嘯掠過紅冠水雞的身旁。飛燕、大卷尾嚶鳴河道，展現高超點水迴旋的飛行技術，麻雀黑壓壓地占據電線上或穿梭橋墩底下，匯成一股巨大鏗鏗嘎嘎之音，宛若一條金屬溪流。

來到城市野地我渾然忘記剛才那場車禍，只有滲血的傷口在移動時會隱隱作痛。

冰冷的城市，人類對待人命漠視如此，更遑論對待人類以外的蒼生。在物慾橫流的推擠下，人類反而退化得更接近野獸。

三名泰勞踏入水湄曠地採摘野生的空心菜，空氣中的濁氣時有時無，順手採了一把鬼針草回去敷治傷口，下回帶學生來採野生的空心菜吧！我心裡這麼想著。

夏日劇場終結者

在水泥鋼筋日益充斥而不斷侷迫綠地生存空間的南方大城，要尋找一塊蠻荒野性的綠地，似乎是相當困難的事了。而我在陽光進駐南臺灣的初夏時分，於澄清湖外的沉沙池畔意外目睹這齣由大自然所導演的精采絕倫的夏日野臺戲，堪稱是今夏最豐盛的饗宴了。

這塊綠地是以二十六棵肯氏南洋杉為樑柱，牧草和蘆葦為布景所搭成的自然舞臺。戲一開鑼，首先由龍爪茅和沿階草揭開序幕，然後兩耳草和一枝香分列兩側合奏二胡南管小曲，挈領下一齣劇目，臺灣琉璃小灰蝶正貪婪的吸吮咸豐草的花蜜，一圈一圈的纏繞，不肯罷口。菊科的鱧腸和飛揚草穿插在肯氏南洋杉之間，主戲隨之喜氣洋洋的盛裝上場了，不過，中間有段插曲，兩隻豆娘纏綿在葉脈間，以完美的弧形流線上下曲動，進行交尾，我被牠們優美的律動深深吸引，想拉近距離攝取最佳視野，兩隻豆娘卻失色驚飛，受到我的打擾，不知這繁衍子孫的交合有否成功？真是罪過。

主戲上場了，山萵苣、加拿大蓬、水蜈蚣、酢漿草、孟仁草、野莧、假千日紅、滿天星……一個劇目連接一個劇目綴續不斷，雷公根匍匐互生，是最佳串場角色；一枝香、咸豐草、香附子也不忘來插花，這滿地的紛紅駭綠，看得目不暇給，讓我想到在泰國觀看泰國民俗舞蹈表演的經驗，上一場拳擊賽還來不及收尾，下一場婚禮已敲鑼打鼓地上場。

末了，還有一枝香的花苞、開花及棉絮種子三態同時出現在同一株的景象，生命如此飽滿，令人驚嘆。

當我第三次尋訪時，赫然發現這些禾本科、莎草科及莧科群星中，簇擁一叢清爽宜人的紫，竟是玄參科的通泉草，在春天開花的它，不捨的緊抓住春天的尾巴，盛放最後一季的嫣紫，也提醒我這野溼的人要珍惜殘餘的爛漫春意。

這場初夏熱鬧繁華的野臺戲，最終以禾本科及莎草科植物做收場，像白茅、香附子及外來種不知名的植物。而一枝香這種菊科野草種，是掠奪土地的先驅植物，當然也少不了它來畫下句點。雷公根將舞臺帷幕拉下，白茅頻頻揮手謝幕，歡迎愛好自然的觀察者再度蒞臨觀賞，下一回再來，又會有不同的劇碼熱鬧上演。

當我第六次造訪，也是首回在黃昏時分來到這塊闢在麥當勞後面的人工草地時，卻只剩南洋杉披著鐵灰色的盔甲筆直挺立，曾經爍眼的繁華已被除草工人夷為平地且讓枯草掩蔽。我俯身匐地間想

從上而下為：雞屎藤、咸豐草、倒地蜈蚣。

草花是夏日野臺戲的主角，圖中為綬草。

尋覓一絲往日繽紛的影子，倏地一隻夜鷺驚飛而起，曳落一地寂寥。

回想前幾次來都是頂著正午溽暑炙熱的烈日進行觀察、攝影、繪圖，匍匐在野地間捕捉豆娘交尾的春光和陽光篩漏在花瓣上的影子，在都市叢林邊陲竟也有種走進非洲荒漠莽林的感覺，興奮的幾乎忘記刺晒在皮膚上的夏日正午太陽的熱度。

原本這裡只是一小塊侷擠在車水馬龍，以肯氏南洋杉為主的景觀草地，大自然卻大手筆地賦予它令人無法想像的豐富生態場景，這可能是因為草地毗鄰一塊開滿布袋蓮的溼地所帶來的地利之便。但是，最後終結這齣自然野臺戲的，仍是自命為萬物之靈的人類。

多年後，這片夏日布袋蓮恣生野放有夜鷺、鶺鴒、錦鴝、紅冠水雞……鳥類棲息覓食的溼地，已被政府單位闢建成一座自然賞鳥公園，假日來訪的遊客絡繹不絕。相對應環境的變遷，我的人生也幾經流浪遷徙，愈渡愈邊陲，這個城市對我已十分陌生，而我還在記憶裡尋找那一個夏日，那些耀眼的明星，收拾了行囊與道具，遷徙到下一個表演驛站的吉普賽人，是否曾回來展開一場嶄新而淋漓盡致的演出，如同那一年，只為我一個人。

小麻雀

每當風雨淅瀝呼嚕慘落下來，公寓五樓的窗沿總會多了幾個細瘦的小黑點，那是麻雀的身影，如果牠們不怕，我倒是很樂意打開窗讓牠們進屋來躲雨呢！

回想在山上寫作的日子，寫字桌背後的窗外，一棵半枯的油桐樹上，總是聚集了數不清的麻雀兒，吱吱喳喳喚醒了清晨，也像是在交換山中部落大大小小的消息，在海拔一千公尺高的部落仍見族群龐大的平地野鳥如麻雀，可見其生存力之強韌。

與巢一同意外跌落的小麻雀。

春天，學校靜坐大廳的廊柱壁沿上，滿滿充塞燕子的泥巢，有一對勤勞的新婚燕子正來回以兩分鐘的間隔啣泥構築新巢。這些泥巢未盡然都是燕子的窩，有的是「雀佔燕巢」。一回看見一隻母麻雀黑褐色的嘴中叼著一隻體色深黑，有翅膀的昆蟲欲飛入巢中餵哺幼雛，突然警覺到守在巢下的我，遂又旋了一個彎飛到一棵荔枝樹上伺機再飛，接著又因為我的趨近牠又飛離，就這樣僵持了五分鐘，只見牠時而飛上枝頭，時而躍下紅磚地，幾度接近泥巢又飛離。口中的小蟲仍叼得死緊，終於牠抓住一個空隙像一道光影「咻！」快速逸入比碗底還小的巢口。

一日正午，幼稚園部的學生們簇擁著一隻麻雀幼雛，羽色較淡，淺粉色纖細若火柴棒的腿不時露出未豐的羽翼外，嘴巴似小丑般裹著一圈鮮黃色，圓圓的眼瞳老神在在看著眼前這群小巨人為牠的初來乍到爭論不休。

這是麻雀使用燕子舊巢的後果，小麻雀連著枯草結成的窩自泥巢的破洞掉下來，看來並未受傷。我找另一位小學部的老師商量要如何幫助這隻麻雀幼雛，這位老師竟走去告訴孩童們：「泥秠老師是鳥的醫生，小鳥受傷了，先讓她帶回去治療。」

「妳是醫生喔！」孩子們以佩服的眼光看著我，我心虛地吞了吞口水，沒做任何回應。於是我就從這一群睜大了瞳孔，捏著攀木蜥蜴的尾巴亂甩的孩童手中接過瘦弱的小麻雀。

接下來便是如何餵食，撫養牠到能展翅飛翔的問題，也是最大的難題。起初為牠不肯張口進食而苦惱，畢竟我的手指和牠母親的長相迥然不同，試了幾次只好來硬的，將牠柔軟的如棉花的嘴喙撥開，塞入芭樂籽、嚼爛的蘇打餅、毛毛蟲……。另外，也為牠準備了新的窩——塑膠花器墊鋪上毛巾，再將牠和牠的草窩一併放入，但牠顯然並不領情我的好意，數度跳離，反倒喜歡縮在桌子底下隱密的牆角，和我捉迷藏。

相處了一天，牠仍很抗拒我的餵食，甚至表現出不想再吃第二口的樣子，而我卻心急無法解讀牠不斷發出稚嫩的「啾啾」聲，究竟是餓了抑或是想媽媽？

學校裡其他老師都忙著上課，就屬我這個兼課老師最閒，於是決定把牠帶回都市公寓，長途跋涉，牠安分地坐在車裡，圓圓的眼瞳東張西望，有時對我張口「啾」地一聲，鼓鼓小小的翅，倒也沒有任何不安的情緒。而家裡沒有多餘的鳥籠，只能將牠暫時安置在高高的鞋櫃上。

後來，我買來針筒和維他命液，用灌的，牠倒也安分地喝了幾回。

翌日早晨，弟告訴我，鳥窩裡爬滿了螞蟻，我趕緊去看，小麻雀一臉茫然地望著我，我一時慌了手腳，將牠連窩帶巢捧至陽臺，欄杆外的天空正是牠潛意識中展翅的舞臺呢！牠就這樣不經意地輕輕一躍，躍出了欄杆外，我伸出手抓卻只撲到清晨的涼意，我探出頭在別人家的屋頂、遮雨棚上望，衝下樓去找了好幾回，卻如何也尋不著小麻雀的蹤影了。也許被野貓叼走了，也許夾在哪個雜物的縫隙中，也許，在那群穿梭城市天空，偶爾落在陽臺欄杆上短憩的麻雀群裡，曾出現牠的行跡——我怔怔地空想著。

童年再見

民國六十六年，我八歲，賽洛瑪颱風突襲高屏地區，吹垮了位在光華路上以木板簡陋搭建的我的家園，高雄。

沒了棲身之所，我們全家便搬到原來住家後面的聚落，一間三幢並排的紅磚石棉瓦平房。房租以坪數計算，最左邊那家月租三百；右邊那戶坪數最大月租四百元；我們家居中，月租三百五十元。當時我們家約有七、八坪大，從大門進來便是廚房，然後直通一個房間，全家都睡在一張大鐵床上。沒有廁所，要洗澡時，將大門與通往房間的門關上，便成了洗澡間。除此之外，我們這三戶人家更共用一個戶外的大灶燒熱水洗澡呢！

小時候，常聽大人講一些神魔鬼怪、鄉野奇談的故事，膽子極小。有一次在大白天裡，好不容易鼓足勇氣去公廁（當時的公廁是用紅磚砌成的，馬桶直通糞坑，往下望全都是蛆蛆，其實也是很擔心自己上個廁所會不小心掉進糞坑裡），卻從窗縫窺探到裡頭如廁的婆婆頂上花白的頭髮，便嚇得拔腿落荒而逃，直以為大白天見鬼了。所以只得憋著，忍到夜色漆黑，才拖著姐姐陪我到屋前的樹叢中拉野屎。然而，風吹樹動的聲音還是挺嚇人的，於是央求姐姐講故事給我聽，好減輕黑暗中的恐懼。只見姐姐沉吟了半晌，好不容易迸出一句：「很早很早以前，有一個人……哎呀！不會講了啦！你卡緊放啦！」

如果夜很深，不敢出門，家裡還備有夜壺。記憶中，那兩、三年裡，從不曾去上過公廁。

而說起那時的玩伴，可真是比端午節母親綁的粽子還要大串呢！過五關、跳房子、打彈珠、踢銅罐、抽尪仔標、跳十二生肖、紅綠燈、跳橡皮筋、扮家家酒、擺地攤、開藥鋪，都是取自大自然的材料，花葉石頭泥沙等等，還有迎嫁娶，或者偷拿母親的絲巾當披風扮小飛俠，有時還用紅色塑膠繩梳綁成頭套演歌仔戲，每一次的開場白一定是：「今哪日是元旦……」。

彼時遊戲的材料多取自於大自然，也不分男生女生，或者年紀大小。那個年代的小孩子，也都經歷過自己製作玩具的童年，像射橡皮筋的筷子槍、會飛上天的竹蜻蜓、野花編織成的項鍊與戒指。元宵節我們提著鐵罐製成的燈籠，呼朋引伴去巡街；兒童節在柏油路旁鋪塊塑膠布便野餐起來。

那時，光華路後面的幾條柏油路又直又寬，來往的車輛也不多，我們在馬路中間玩耍，大人們從來不擔心。柏油路旁，除了屋舍，便是稻田和空地，我們常在草叢中捉蜻蜓，在田埂上捕青蛙。

那段童年記憶也摻混了各種不同的氣味：屋外灶爐的炊煙和廚房傳來的炒菜香相融；收餿水的三輪車上的臭味和田裡施肥的糞味相合；爸爸和鄰居伯伯喝酒談天的酒味；媽媽和隔壁嬸嬸讓人挽面的粉味；還有暮色中奔回家吃晚飯的孩子，身上滲流的汗臭味；偶爾，還可聞到小孩們分黨結派各據山丘對罵的火藥味（所謂的山丘，不過是一堆土礫罷了）。

然而這種場面大人也只有觀望的份，因為小孩子的恩怨，大人們並不看在眼裡。況且，他們大人也常為一些我們不懂的事，吵得比我們還凶呢！尤其是隔壁本省籍的媽媽和對面的外省伯伯吵起架來，中文都不自覺地溜起來。但事實上，也可能是雞同鴨罵，因為連在一邊袖手旁觀的我們，都只聽到一連串音調變化極大的音節，除了三字經之外，真正吵架的字句，身為小孩的我們都很難聽得明白。

民國六十八年，四維國宅接近完工階段，比鄰的一座棒球場，也於六十七年四月拆除，在原地架起一根根巨大森冷的鋼筋，像隻龐然怪獸，遮蔽了大片天空。七、八個月後，水泥漸漸覆蓋了鋼筋，那隻怪獸接近成形，我們也被迫搬家。聽父親說，我們所住的房子是違章建築，有礙市容觀瞻，所以被勒令拆除。

好幾年後我才知道，那隻水泥怪獸即是竣工十二年便成危險建築物的「市立文化中心」。

而幾十年後，光華路依舊寬大，被賽洛瑪颱風吹垮的木板屋，已蛻換成高級飯店；昔日奔跑的小徑和一畦畦稻田，都蓋上了大廈樓房。我再也尋不著兒時回家的路，童年的玩伴也完全失了聯絡。

雖然，在稠擠的都市中，文化中心提供了高雄市民一個寬闊的休閒空間，居住在這個城市的人也愈來愈富裕，但我仍慶幸在港都未蛻變成水泥叢林的六〇年代，有過那樣親近土地的草莽童年。

抓住一抹殘紅

民國五十六年，一名退役老兵來到半屏山腳下，發現此處雖是荒煙蔓草，莽蕪叢野，但也不失為依山傍溪的好居所，遂向政府租了地，攜家帶眷前來墾荒闢地，自力營建屋舍。其他老兵也陸續隨之遷徙而來，初至的老兵開始分配土地，社區聚落逐漸形成。

當第一個老兵到山腳下落戶之前，水泥工廠早已開始在半屏山進行挖山採礦的工程，據說昔日山上猶是獼猴成群，數量與現今柴山的獼猴不相上下，飛鼠、赤腹松鼠亦流竄山間，蛇蟒經常橫越巷道，穿戶而過，松鼠自街燈電線的彼端奔竄至另一端的畫面也時有所見。那時有一條通道連接半屏山與柴山之間，不知猴群是否會循此徑游走？當地小孩也經常上山採野果，各據一棵大榕樹以為家屋——這座山，即是他們童年最鮮活的綠色記憶。

二十九年後的夏天，我初訪半屏山，直接從山腳下驅車上山，幾乎抵達山頂，矗立眼前的，恍若是即將崩塌頹圮的荒煙古城，赤裸而稜尖的珊瑚礁岩，在灰藍的天空巨幕下，淌著鏽褐色的血，高聳入天的水泥廠煙囪霸道地噴吐濁煙瘴氣，十幾架怪手如猛獸般肢解挖空剩餘的土地——天若有情天亦老，山若有淚亦嚎啕吧！生活在這座城市，前前後後也十八年了，對於半屏山是完全的陌生，第一回照面，竟是如此滿目瘡痍，令人哀傷。

在山間偶遇拿著小柄鋤，於崩塌之土礫間挖掘的人，他們問我：「也是來撿化石的嗎？」他們曾在此撿過貝類及珊瑚化石，還有鯊

比海岸沙灘還要平坦的半屏山。1995年。

幾乎要草木不生的半屏山。
1995年。

魚的牙齒。這座山原是沉積在海底的珊瑚石灰岩，經過歐亞大陸及菲律賓板塊的撞擊擠壓，而逐漸形成隆聳於海平面的一座山。

我搖搖頭說：「屬於大自然的，就歸於大自然吧！」那人說：「妳不挖，也會被他們採去做水泥。」我頓時啞口無言，眼前挖山的劊子手，可是寸土不留地榨乾每一塊岩礫，一味地強取豪奪，不管日後要留下些什麼供後人憑弔的。

而因為對另一邊猶存的綠意感到好奇，在初訪半屏山不久之後，又從翠華路另一個入口上山。穿過一條蚊虻叢生的莽林帶，來到山頂，眼前便呈現禿岩裸石的平漠景象，如今只剩靠近煉油廠這方尚有綠意，另一半已被怪手挖成濯濯童山。挖山採石的工程仍在進行，十幾輛的怪手張牙舞爪地啃嚙岩礫。

我在半裸鬆軟的山腰發現兩隻白鶺鴒在草木不生之地啄食，一處下過雨後暫時形成的水窪中，蝌蚪成群，還有數隻尚未成熟的青蛙，薄膜體色透著螢綠，愣愣地對著我的相機鏡頭，不知要做何回應。一隻兩點鋸鍬形蟲，貪婪地吸吮構樹果實甜美的汁液，數十隻粉紅鸚嘴在血桐樹間急躁奔忙，無一刻安閒。橄褐色的短翅鶯停駐在銀合歡樹上，姿態要比嘈雜結群的粉紅鸚嘴悠哉多了。

意外發現這座原以為已經瀕臨死寂的禿山，仍蘊有不少生機，於是在往後的日子裡，我便在不同的時刻上山——黃昏時去看滾燙的橙紅火球在夜幕垂降之前，撲通落入左營軍港，緋紅彤霞如絲帶盤繞於海平線上，煙粉餘暉映射在雲端，雕鏤繁複多變的雲象；夜裡上山，獨坐岫頂，觀看薄暮揉和暈光，映襯咸豐草叢間相思樹因風抖落的一地黃花，人間燈火在蓮池潭畔幽幽燃起時，角鴞於暗黑中逐捉蟬嘶；也曾在明亮的早晨上山，發現野花恣放，赤腹松鼠於樹枝上瘖啞嘶叫，且與一隻咬嚙蟲兒的攀木蜥蜴，在樹脊間偏頭轉睛，注視良久。

被挖空一半的半屏山。
1996年。

從半屏山鳥瞰高雄左營。
1996年。

成為第一個針對半屏山進行自然觀察的拓荒者之後，我也不斷地與人分享在此山中發現的種種野趣，帶人上山。發現居住在這座城市三、四十年而未上過半屏山的人，比比皆是，並不叫人意外。

山腳下的居民對於上山的路日益模糊，但記憶最深的，莫過於民國七十五年那場炸山，一記摧碎清夢的轟然巨響，霎時土石崩竄，天撼地動，震裂了牆垣，也砸穿了屋頂，終於引發眾怒，市長前來巡視，見事態嚴重，遂勒令不得再炸山，而改以挖土機挖山。

對於成日無數次經過家門前的車煙塵漫，他們早已習慣，而且以過去的塵粒漫天至現在的灰飛微塵而自我安慰。關於水泥廠的挖山取礦在他們身上也聽到另一種聲音，多數二十歲以上的當地居民都曾在水泥廠工作，等於受惠於水泥工廠，因此埋怨之聲並沒有我想像的深。據說，八十六年六月政府將全面禁止挖山採礦，水泥廠理應著手從事綠化造林——當然，大約在二十年前即因遷徙、食物短缺及被人類捕殺而滅絕殆盡的臺灣獼猴社群，是不可能再起死回生，返復此濯濯童山，但當地人猶存希望，將來也許經過努力綠化整治之後，這座被挖空一大半的山可以規劃成為高雄市第二座繼柴山之後的自然公園。

我當時其實是悲觀地認為，我不斷地上山，獨行或偕伴同行，甚至後來還帶著我的孩子還有學生上山種樹……種種努力，都只是在竭力抓住夜暗之前的一抹殘紅罷了！然而，自我之後，不斷有自然愛好者在半屏山進行深度觀察，而政府確實也做了一些改善，雖然多是增闢以人為考量的步道、涼亭，還有一些植樹計畫，但經過十多年，在綠地貧瘠而人口稠密的大高雄都會，半屏山儼然已是繼柴山之後提供居民可運動可呼吸多一點芬多精可親炙自然生命的另一個爬山的選擇——縱使，山還是空了一半；縱使，自然生態依然不能恢復完全的舊貌；縱使，煉油廠排出的廢氣仍不斷威脅著爬山者的肺部。

上／民國八〇年代，在一片保育聲浪中，反對開採珊瑚礁石灰岩生產水泥，直至民國86年，半屏山的採礦才完全停止。停止採礦後，政府要求水泥公司在東南側建滯洪池，以防止驟雨時，滯留半屏山沖刷下來的雨水和土石。因此昔日我帶學生種樹的荒地已變成一片人工池。2017年。

下／滯洪池命名為半屏湖，周邊樹林為水泥公司停止採礦後為求快速造林，而種植以銀合歡為主的人造林，不僅林相單一，且銀合歡具高度排他性，非常不利生態多樣性的發展——照片中，在我們身後，幾乎都是銀合歡。2017年。

停止採礦後，半屏山的地景有許多改變，雖然不變的仍是霧霾的天空，塵土飛揚的岩石路，樹葉總被岩灰覆蓋，還有頗為單調的林相……但湖畔的這條筆直的小徑，這季節多了蛻紅的欖仁落葉，也別有一番景緻。2017年。

國家圖書館出版品預行編目資料

走路。在山野在部落。一個人／洪瓊君著. -
初版. - 台中市：晨星，2017.03
304面； 公分，——（自然公園；080）

ISBN 978-986-443-244-8（平裝）

855 106001531

自然公園 80

走路。在山野在部落。一個人

作者 洪瓊君
攝影 洪瓊君
主編 徐惠雅
校對 洪瓊君、徐惠雅、張慈婷
美術編輯 王志峯
封面設計 黃聖文

創辦人 陳銘民
發行所 晨星出版有限公司
台中市407工業區30路1號
TEL：04-23595820 FAX：04-23550581
E-mail：service@morningstar.com.tw
http：//www.morningstar.com.tw
行政院新聞局局版台業字第2500號
法律顧問 陳思成律師
初版 西元2017年03月10日

郵政劃撥 22326758（晨星出版有限公司）
讀者服務 （04）23595819＃230
印刷 上好印刷股份有限公司

定價380元

ISBN 978-986-443-244-8
Published by Morning Star Publishing Inc.
Printed in Taiwan
版權所有，翻印必究
（缺頁或破損的書，請寄回更換）

◆讀者回函卡◆

以下資料或許太過繁瑣，但卻是我們瞭解您的唯一途徑，

誠摯期待能與您在下一本書中相逢，讓我們一起從閱讀中尋找樂趣吧!

姓名：__________ 性別：□男 □女 生日： / /

教育程度：__________

職業：□學生 □教師□內勤職員 □家庭主婦

□企業主管 □服務業 □製造業□醫藥護理

□軍警 □資訊業 □銷售業務 □其他__________

E-mail：__________ 聯絡電話：__________

聯絡地址：□□□__________

購買書名：走路。在山野在部落。一個人

·誘使您購買此書的原因？

□於______書店尋找新知時 □看______報時瞄到 □受海報或文案吸引

□翻閱______雜誌時 □親朋好友拍胸脯保證 □______電台DJ熱情推薦

□電子報的新書資訊看起來很有趣 □對晨星自然FB的分享有興趣 □瀏覽晨星網站時看到的

□其他編輯萬萬想不到的過程：__________

·本書中最吸引您的是哪一篇文章或哪一段話呢?__________

·請您為本書評分，請填代號：1. 很滿意 2. ok啦! 3. 尚可 4. 需改進。

□封面設計______ □尺寸規格______ □版面編排______ □字體大小______

□內容______ □文／譯筆______ □其他建議______

·下列書系出版品中，哪個題材最能引起您的興趣呢?

台灣自然圖鑑：□植物 □哺乳類 □魚類 □鳥類 □蝴蝶 □昆蟲 □爬蟲類 □其他______

飼養&觀察：□植物 □哺乳類 □魚類 □鳥類 □蝴蝶 □昆蟲 □爬蟲類 □其他______

台灣地圖：□自然 □昆蟲 □兩棲動物 □地形 □人文 □其他______

自然公園：□自然文學 □環境關懷 □環境議題 □自然觀點 □人物傳記 □其他______

生態館：□植物生態 □動物生態 □生態攝影 □地形景觀 □其他______

台灣原住民文學：□史地 □傳記 □宗教祭典 □文化 □傳說 □音樂 □其他______

自然生活家：□自然風DIY手作 □登山 □園藝 □觀星 □其他______

·除上述系列外，您還希望編輯們規畫哪些和自然人文題材有關的書籍呢?______

·您最常到哪個通路購買書籍呢? □博客來 □誠品書店 □金石堂 □其他______

很高興您選擇了晨星出版社，陪伴您一同享受閱讀及學習的樂趣。只要您將此回函郵寄回本社，或傳眞至（04）2355-0581，我們將不定期提供最新的出版及優惠訊息給您，謝謝!若行有餘力，也請不吝賜教，好讓我們可以出版更多更好的書!

·其他意見：__________

晨星出版有限公司 編輯群，感謝您!

請填妥對折裝訂，直接投郵即可，免貼郵票

廣告回函
台灣中區郵政管理局
登記證第267號
免貼郵票

407
台中市工業區30路1號
晨星出版有限公司

請沿虛線摺下裝訂，謝謝!

更方便的購書方式：

1 網站：http://www.morningstar.com.tw
2 郵政劃撥 帳號：22326758
　　戶名：晨星出版有限公司
　請於通信欄中註明欲購買之書名及數量
3 電話訂購：如為大量團購可直接撥客服專線洽詢

◎ 如需詳細書目可上網查詢或來電索取。
◎ 客服專線：04-23595819#230 傳真：04-23597123
◎ 客戶信箱：service@morningstar.com.tw